Morris Ferrari

I0646398

IMMORTAL BRIGADE
ANAUŠA - ZHAYEDAN

Portal of Books

Capa e webdesign: Marcos Azevedo Guimarães
Análista de sistemas - marcos@portalofbooks.com
Análise psicológica de personagens: Caroline G.S. Leite –
Psicóloga - Carol@portalofbooks.com
Consultoria científica: Gabriela G.S. Leite – Farmacêutica -
gaby@portalofbooks.com
Revisão ortográfica: Therezinha de Souza Jampaulo
Coordenação literária: Mary Leite
Mary@portalofbooks.com
Revisão do texto original: Jorge Alves de Lima
joralimaTEXTO (joralima@usp.br – joralima@gmail.com)

Portal of Books

10, Stanton st # 2 – Malden (grande Boston)
MA – USA – 02148
morrisferrari@portalofbooks.com
www.portalofbooks.com

Obrigado, meu Deus, por todos os dias abençoados da minha vida, por Seu cuidado especial comigo e com minha adorável família. Agradeço pelos Anjos maravilhosos e cuidadosos colocados para livrar meus pés das armadilhas e das dificuldades extremas da vida.

Ao meu amor, Mary, esposa querida, companheira incansável de muitos anos. Obrigado pela sua dedicação especial. Se existem vidas passadas, consequentemente, existem vidas futuras. Nós somos almas gêmeas e quero estar junto a você por toda eternidade.

Immortal Brigade
Anauša - Zhayedan

Sonhos

I

Segunda-feira, 8 de outubro, começa mais um feriado de Columbus Day[1] nos Estados Unidos. É o início de outono e um lindo dia amanhece. A temperatura está agradável (bem amena), mas Joshua, ou Josh, como é conhecido por todos os amigos, acordou cedo novamente.

Estava ansioso, inquieto, não conseguia dormir bem há várias noites. Sonhos e pesadelos recorrentes atormentavam seu sono. Os sonhos sempre começavam com a vinda de uma linda menina, uma garotinha de dez anos, com cabelos cor de mel, cujos olhos um pouco puxados mostravam uma

---

[1] Dia de Cristóvão Colombo, descobridor da América (o continente americano também é conhecido como "Novo Mundo"). Cristóvão Colombo (República de Gênova,1451 — Valladolid, 20 de Maio de 1506).
Foi navegador e explorador genovês, responsável por liderar a frota que alcançou o continente americano em 12 de Outubro de 1492, sob as ordens dos Reis Católicos de Espanha, no chamado Descobrimento da América. Empreendeu a sua viagem através do Oceano Atlântico, com o objetivo de atingir a Índia, tendo na realidade descoberto as ilhas das Caraíbas (Antilhas) e, mais tarde, a costa do Golfo do México na América Central. Seu nome em italiano é *Cristoforo Colombo*, em latim *Christophorus Columbus* e, em espanhol, *Cristóbal Colón*.

mistura de ascendência oriental em seu sangue.

A garota falava de uma grande peste que atingiria boa parte da população mundial. Seus olhos verdes, lindos e serenos, mostravam verdade; transmitiam amor e carinho, mas, ao mesmo tempo, seu semblante revelava ansiedade e nervosismo. Ela realmente queria e precisava de ajuda. A menina dos sonhos implorava para Josh a ouvir e acreditar em suas palavras. Era imperativo, fundamental e urgente que ele aceitasse a missão de salvar o povo da Terra da grande praga – a mortandade seria sem precedentes e boa parte da população do planeta iria sucumbir se nada fosse feito.

Os sonhos acabavam quase sempre se transformando em terríveis pesadelos, nos quais milhares de pessoas morriam nas grandes metrópoles. Ele podia ver as ruas de Nova York, e também de Hong Kong, Pequim, Tóquio, Moscou, Londres, São Paulo, entre outras. Era uma viagem macabra por todos os continentes, um tsunami de imagens horripilantes de milhares de corpos abandonados nas ruas; não havia como e nem onde sepultá-los. Parecia uma visão do próprio apocalipse.

Nessas grandes cidades, multidões incontáveis de maltrapilhos, esfomeados, com os corpos cobertos de bolhas e tumores horríveis, vagavam sem destino, sem presente e sem futuro. Tais miseráveis apenas esperavam pela morte certa e cruel. Eram legiões de mutilados gritando de dor e suplicando por alívio para seu sofrimento. Essas pessoas cheiravam mal, pois, ainda vivos, seus corpos já estavam em estado de putrefação. Os tumores se alastravam por toda a pele e expeliam um pus negro misturado com sangue. Elas tossiam o tempo todo, uma tosse forte, interminável, insuportável, e escarravam sangue, muito sangue – eram seres em estado deplorável.

Vestiam longas túnicas com capuz de algodão rústico tingidas de vermelho, que escondiam todo o corpo. Dessa forma, procuravam ocultar a peste que se alastrava por toda a pele. Josh conseguia enxergar através de suas vestimentas, que eram marcadas com uma enorme cruz branca, na parte de trás – era o símbolo que as identificava como sendo pessoas condenadas à morte.

Ele se via no meio desses moribundos e os lamentos horripilantes do sofrimento deles penetravam em sua mente e quase o enlouquecia de pavor. Ele sentia-se inerte, precisava fazer algo para ajudá-los. Mas como? Restava-lhe apenas se horrorizar com os seus sofrimentos.

Muitos deles tentavam agarrá-lo pelos

braços e pelas pernas. Rasgavam suas roupas, quase arrancavam seus membros. Imploravam por socorro, suplicando por sua piedade. Os miseráveis exigiam que Josh os liderasse, os conduzisse em direção à cura. Mostravam-lhe ao longe, no horizonte, a menina de seus sonhos, num pico de uma grande montanha coberta de luz, e ele podia ver que a garota chorava e o chamava continuamente para perto de si. Ela suplicava-lhe sua ajuda para poder salvar aqueles condenados da morte pela doença do fim dos tempos.

Josh então acordava coberto de suor, gritando em total desespero. Os sonhos aconteciam quase todas as noites. Isso o perturbava e apavorava.

II

Mas o sonho dessa noite havia sido diferente, sem o pesadelo recorrente. Dessa vez, apareceu uma linda Senhora vinda das nuvens. Ela o chamava para uma conversa à beira de um lago. Ele conhecia bem esse lago, ficava a duas horas de cavalgada de seu rancho, ia sempre lá quando desejava ficar sozinho e pensar na vida.

Ainda deitado, ficou lembrando-se da visão da Senhora no sonho, rolando na cama, e resolveu levantar-se logo. Rachel, sua esposa, conhecida carinhosamente por Rae, dormia pesado e parecia desfrutar do sono dos anjos. Ele decidiu pular da cama para fazer uma cavalgada pelo rancho e região. Precisava relaxar e refletir sobre o sonho, procurar respostas para suas aflições.

O rancho ficava no Estado de Washington, perto da costa oeste americana, não muito longe da fronteira com o Canadá. Na verdade, era um lindo haras de cavalos árabes meio sangue. A propriedade, cercada por mata nativa, tinha pouco mais de cem hectares. Era um rancho bem cuidado e conservado. A algumas milhas dali começava a Mount Baker-Snoqualmie National Forest[2].

A região é cortada pelo grande rio Columbia[3], o maior do noroeste americano. O rancho se localiza a menos de 30 milhas da pequena e acolhedora cidade de Bridgeport, às margens do rio Columbia. Toda região é um verdadeiro paraíso ecológico, ostentando fauna e flora ricas e exuberantes.

Ele resolveu que não cavalgaria apenas pela sua propriedade, mas iria até o lago, pois estava atrás de respostas para seus sonhos e pesadelos; estava exausto de tantas atribulações. Enfiou-se

---

[2]   Uma reserva ambiental de 230 quilômetros de extensão que se estende até a fronteira canadense.

[3]   Rio Columbia: sua nascente fica nas Montanhas Rochosas, no Canadá, atravessa todo o Estado de Washington e deságua no Pacífico, que banha as costas do Estado do Oregon.

apressadamente num jeans, calçou suas botas, pegou uma jaqueta, porque no meio do mato, para onde pretendia ir, sempre era mais frio.

Não sabia a que horas voltaria; provavelmente só depois do anoitecer. Queria se afastar e apenas pensar. Desejava se encontrar espiritualmente. Josh desconhecia o motivo de tantos pesadelos – será que estaria ficando louco?

Desceu a escada em direção à cozinha, que ficava no primeiro andar. No meio da escada, pôde sentir o aroma gostoso do café brasileiro. Consuelo, a cozinheira mexicana, levantava muito cedo e já havia preparado o café. Eram cinco da manhã e a rotina do rancho já havia começado. Ela sabia que seu patrão tinha o hábito de levantar-se cedo e ir logo para a lida, pois gostava de acompanhar o trabalho dos peões com os cavalos desde o amanhecer até o anoitecer. Assim, quando ele descia, era normal encontrar uma mesa farta posta para o café. Mas, parecia que hoje o dia seria diferente.

A mulher o saudou alegre:

– *Buenos dias, Patron.* Levantou-se mais cedo pra lida!

– Bom dia, Consuelo. Hoje não vou ficar no rancho. Irei cavalgar pela floresta e pelas montanhas. Por favor, interfone para a cocheira e peça ao Simon para selar o Tornado.

– Pois não, vou avisá-lo imediatamente – disse Consuelo enquanto estendia para Josh uma grande xícara de café, como é costume entre os americanos.

– Obrigado!

Ele agradeceu e pegou o café. Estava meio distraído, absorvido por seus pensamentos, e foi sentando-se à mesa, coberta de pães, queijos de várias qualidades, geleias, bolos e frutas diversas (produtos feitos por Consuelo e suas ajudantes, esposas dos peões do rancho[4]). Ele comeu pouco, estava sem apetite. Mesmo assim, se alimentou, pois sabia que teria um longo dia.

Enquanto Josh comia, a cozinheira foi buscar os alforjes, trouxe junto o cinturão com uma pistola calibre 45, municiada com um pente de bala. Na mão esquerda, dentro de uma capa de couro, trouxe também um rifle automático e um punhado de cartuchos. Enquanto ele ainda comia, ela carregou o rifle.

Consuelo era cuidadosa com os detalhes. A mata na propriedade era segura, mas, quando se saía para além dos limites do rancho, todo cuidado

---

[4] De fato, a propriedade chamava-se São Francisco, nome dado por Josh quando a adquiriu, dez anos antes.

era pouco – mata é mata, sempre esconde perigos. O *Patron* conhecia bem a região, mas poderia ficar perdido ou algum acidente inesperado poderia acontecer.

Em seguida, Consuelo foi ao escritório, que ficava no segundo andar, para pegar o celular que estava lá, recarregando a bateria. Trouxe junto um rádio comunicador portátil e um GPS. Era com o comunicador que Josh falava com o pessoal do rancho. Todos os empregados carregavam um atado ao cinto.

Voltando à cozinha, ela acomodou os apetrechos nos devidos lugares no cinturão e foi preparar uma matula de comida. Dispôs um belo lanche em duas bolsas térmicas, acompanhado de uma garrafa de suco. Encheu o cantil com água gelada e acomodou tudo junto ao cinturão em cima de uma cadeira, pois Josh não poderia se esquecer de nada. Para ela, era imperativo ele ficar seguro e confortável.

Quando terminou de arrumar as coisas, Simon, seu marido, entrou na cozinha para avisar que o cavalo negro de Josh já estava alimentado e selado. Estava pronto e amarrado no fundo da casa. Parecia que os dois tinham até cronometrado suas ações para terminarem ao mesmo tempo.

Josh olhou para Simon, sorriu e o cumprimentou:

– *Buenos dias*, amigo!

– *Buenos dias*. Tornado está a sua espera, vou levar a matula para arrumar na sela.

Sua esposa, que estava junto ao fogão, lembrou-se, de última hora, de um detalhe importante, e disse:

– Nossa Senhora de Guadalupe! Espere, Simon, esqueci o saco de dormir. Aguarde que vou pegar!

E saiu apressada. Josh riu e exclamou:

– Não exagere Consuelo, só vou cavalgar até o anoitecer!

Ela, enquanto caminhava para um depósito, onde tinha os apetrechos de camping, respondeu:

– Que nada! E *la siesta*? Depois de comer vai querer dormir um pouco. As rochas são duras, não custa nada levar um saco de dormir!

Saiu rindo para cumprir uma de suas tarefas prediletas: cuidar de seus amados patrões.

A fiel escudeira voltou rápido. Seu marido reuniu a tralha toda e levou para fora, para colocar na sela do cavalo. Josh alcançou seu cinturão – que estava pesado com tanta coisa. Mas, não reclamou, como nunca fazia, apenas riu baixinho do exagero dela nos cuidados com ele. Afivelou o cinto, depois amarrou a capa da pistola na coxa, no estilo dos *cowboys* americanos.

Vestiu a jaqueta jeans e pediu:

– Por favor, avise Rae e ao pessoal do rancho que vou ficar fora o dia todo e não quero ser incomodado pelo celular ou rádio. Em caso de necessidade, pedirei ajuda. Volto ao anoitecer, não precisam se preocupar. Ficarei bem.

– Certo, avisarei.

Ele pegou um dos seus chapéus na chapeleira na sala, ao lado da cozinha, e o ajeitou na cabeça. Saiu em direção à porta ao encontro de Simon e Tornado. Virou-se e disse:

– Tenha um bom dia, Consuelo!

– Bom dia. Vá com *Dios*!

Quando chegou perto de seu cavalo, Josh acariciou-lhe a cabeça e o animal respondeu batendo uma das patas no chão, como se fosse um cumprimento. Então, balançou a cabeça e relinchou para saudar seu dono. Josh soltou o cabresto que estava amarrado, montou e falou para Simon:

– Tenha um bom dia!

– *Buenos dias*. Tenha cuidado no mato!

Josh acenou, puxou o cabresto e saiu trotando devagar, passando ao lado das instalações do rancho.

Casa na Árvore

I

Quando passou em frente à porta da cocheira, uma recordação explodiu na sua mente e seu pensamento voltou mais de trinta anos no tempo, na mesma época do ano, mas longe dali, no rancho de seu pai, em West Virginia, nas proximidades da costa leste americana.

Kevin Toal O'Connor, seu pai, um rude irlandês, amava cervejas e um velho e bom uísque. Quando bebia, e gostava de fazer isso com frequência, atormentava Josh e sua mãe, Anna O'Connor, uma mulher especialmente doce e meiga, mas completamente submissa ao marido: fazia tudo que ele mandava sem discutir.

Josh, na época com doze anos, havia se saído mal na escola naquele bimestre. Depois de uma tremenda surra do pai, passou a noite na cocheira, junto com seu cavalo Trovoada. Depois de chorar muito, Josh adormeceu, deitado num monte de feno, e foi cuidado a noite toda por seu companheiro Trovoada.

Quando o dia raiou, o garoto Josh acordou assustado: Trovoada estava nervoso e queria derrubar a porta da cocheira para fugir em disparada.

Relinchava alto e batia as patas da frente na porta que fechava a baia: queria sair de qualquer forma. Josh, a princípio, não entendeu a razão do pavor do seu companheiro.

Inesperadamente, a porta da cocheira foi se abrindo e ele viu uma linda mulher entrando. Ela sorriu-lhe e disse:

– Oi, Josh, tudo bem?

– Oi, quem é a senhora? Onde mora; nunca a vi por aqui antes? Como entrou em nossa fazenda?

Com uma voz doce e suave, ela respondeu-lhe:

- Eu moro bem ali do outro lado, você nunca me viu antes porque eu viajo muito.

– É vizinha do rancho, que bom! Qual o seu nome? A senhora é muito bonita!

– Obrigado, querido: você também é um menino muito lindo! Agora, escute um pouco o que vou te falar: não se aborreça com seu pai e nem tampouco fique triste com a passividade de sua mãe, que aceita sem contestar tudo que seu pai faz – mesmo que ela saiba das injustiças que ele comete, da forma bárbara como ele age contra você. Ela, na maioria das vezes, te protegeu das garras dele. Ela também sofre. Às vezes, os adultos são assim: fazem coisas que as crianças não entendem.

— Sua mãe te ama; ela obedece a seu pai, mas te ama profundamente. Seu pai, infelizmente, é ignorante e duro, o coração dele nunca conheceu o amor, por isso, muitas vezes, ele é rude. Você é diferente. É um bom garoto, inteligente e seu futuro será brilhante!

— Josh, continuou a mulher — eu também amo você!

— Como a senhora me ama se não é minha amiga?

— Então, a partir de agora serei sua amiga confidente. Podemos conversar sempre que você desejar. Porém, precisamos fazer um pacto: não fale para ninguém que me conhece. Que tal isso: é legal, um segredo só nosso; promete fazer isso?

— Sim, eu prometo! Gostei da senhora, não vou falar nada para ninguém. A senhora irá voltar novamente?

— Sim querido, voltarei!

O garoto Josh, tentou perguntar o nome da mulher, mas ela partiu tão rapidamente e misteriosamente como havia chegado.

II

Esta rápida lembrança se foi da mesma forma surpreendente que havia chegado e, naquele momento, Josh reconheceu a Senhora dos seus sonhos como a mesma mulher daquela visita misteriosa na cocheira. Tinha certeza disso (tinha o mesmo rosto bonito e iluminado): era a mesma Senhora.

Por algum motivo, aquela lembrança estava até então selada e esquecida em sua mente, mas agora, ao passar pela cocheira, misteriosamente, tudo explodiu em seu consciente.

Josh cutucou a barriga de Tornado e dirigiam-se à estrada que margeava o pasto, em direção às montanhas que se erguiam a algumas milhas à frente. Toda região era coberta por uma mata exuberante.

Àquela hora, o sol começava a se firmar, reinava no céu e esquentava levemente o dia. A relva do pasto toda orvalhada exalava um aroma gostoso de vida. O cavaleiro apertou de leve a barriga do animal, que entendeu de pronto o comando e aumentou a velocidade, cavalgando mais rápido.

Depois de mais de três horas de cavalgada, Josh chegou às margens do lago, o mesmo do sonho da última noite – tinha certeza disso! O lago ficava num vale, delimitado por um planalto e seguido por uma cordilheira.

Josh se encontrava longe dos limites de seu rancho. Então, parou, pois Tornado precisava beber água e pastar tranquilo para descansar um pouco. Josh também queria aliviar seu traseiro, esticar as pernas e se refrescar no lago.

Tirou a sela e toda sua matula. Em seguida, encostou seu rifle, ainda na capa de couro, ao lado de uma pedra grande. Tirou seu cinturão e colocou ao lado do rifle. Juntou a eles, seu alforje com a merenda e o saco de dormir ainda enrolado. Abriu o cantil para sorver uns goles de água gelada – era térmico.

Desenrolou seu laço e amarrou o cavalo em uma árvore, mas com uma corda com vários metros. Queria que seu companheiro de cavalgada, embora preso, pudesse desfrutar de um pouco de liberdade. Não podia deixar o animal completamente solto. Apesar de ser um cavalo calmo, algo poderia assustá-lo, fazendo-o fugir; certamente, Tornado voltaria para o rancho, mas Josh não tinha planos de retornar a pé. O homem aproximou-se de suas coisas e pegou maçã, queijo e uma barra de chocolate na bolsa térmica, em um dos alforjes. Saiu andando pelas margens do lago, tranquilo e devagar. Ora contemplava o horizonte, ora o lago à sua direita.

III

Inesperadamente, velhas lembranças explodiram em sua mente. Novamente no rancho de seu pai, o velho O'Connor, como era conhecido, no estado de West Virginia.

Era o começo das férias de verão, um belo entardecer, ele montado em seu primeiro "cavalo de aço", uma Honda 500 cilindradas, chegando ao rancho e trazendo Rae na sua garupa, para conhecer sua "família".

Tinha vinte e um anos, fazia universidade em Richmond, trabalhava duro à noite e nos finais de semanas entregando pizzas para se manter, pagar suas contas e, com isso, não depender em nada do pai.

Parou na frente da casa, apeou do seu "cavalo de aço" e levou Rae pela mão; não desceu as mochilas (bem amarradas no banco traseiro): primeiro quis certificar-se de que sua namorada seria bem recebida. O velho O'Connor era duro na queda, católico radical (quando isso era de interesse dele) e Josh não tinha muita certeza de como Rae seria recebida. Seu pai era imprevisível, especialmente depois de encher a cara – o que fazia com frequência.

O rancho estava completamente abandonado, a casa em ruínas, poucas criações e quase nada plantado. Um velho jardim, que sua mãe insistia em cuidar, um pomar abandonado, a cocheira, semidestruída, e umas três casas caindo aos pedaços, destinada a empregados que já não existiam mais, pois O'Connor só podia manter três ou quatro diaristas, que trabalhavam eventualmente – assim mesmo a duras penas. Dinheiro daquelas terras, não saía nada há muito tempo.

A mãe de Josh desceu devagar a escada e veio ao encontro do filho, ainda no portão, o abraçou carinhosamente e disse ao seu ouvido:

- Bom te ver filho! (Tenha calma, que ele já bebeu bastante hoje).

- Sim mãe; não vim para brigar. Essa é Rae, minha namorada!

- É um prazer, minha querida; vamos entrar – falou, enquanto dirigia à Rae um sorriso simples e acolhedor.

Quando terminaram de subir as escadas, Anna chamou o marido, dizendo:

- O'Connor, nosso filho chegou!

- Já vi, não sou cego! – respondeu de onde estava.

- Essa é Rae a namorada dele! - Venha recebê-los!

Mas O'Connor continuou a beber, não

falou nada e tampouco se moveu da cadeira na qual estava sentado; parecia até que ninguém havia chegado. Rae, totalmente constrangida com a grosseria, havia ficado toda sem jeito e desconcertada. A mãe de Josh procurou disfarçar o mal-estar, mesmo exibindo um rosto agora já vermelho de vergonha.

Josh rangeu os dentes de raiva, controlou-se para não brigar logo de cara com seu pai, abaixou a cabeça, caminhou em frente e sentou-se numa cadeira ao lado do velho; respirou fundo, se preparou para mais um de seus sermões hipócritas de virtudes. Sentiu que tinha sido uma boa ideia não ter descido sua bagagem: seria muito difícil ficar naquela casa.

Josh pegou um copo que estava em cima de uma mesa e serviu-se uma dose generosa de uísque, pois, para suportar O'Connor, só bebendo também. Josh não vinha ao rancho há meses – sentia muita falta da mãe, o problema era aguentar o pai e suas grosseiras.

O'Connor disparou uma pergunta rude:

- Onde arranjou essa mulher?

- É minha namorada, pai.

- Não está achando que vai dormir com ela aqui na minha casa sem serem casados: isso eu não aceito.

- Claro que não pai, vamos acampar, não pretendo ficar na sua casa.

- De onde tirou dinheiro para essa moto?

- Trabalhando, claro! Entregando pizzas para pagar minhas contas. Se depender do seu dinheiro, morro de fome.

O velho O'Connor deu um murro na mesa e os copos voaram longe – a garrafa de uísque não foi junto por que estava no chão. Então, berrou:

- Você acha que vou sustentar um vagabundo com sua vagabundinha?

Josh respirou fundo para não ceder às grosserias do pai. Na verdade, o pai queria mesmo era brigar: quando bebia, ficava insuportável.

Primeiro, falava demais, chegava a ser pegajoso, inconveniente, cheio de sermões moralistas, repletos de normas e éticas que ele próprio nunca seguia – mas insistia em ditar para o filho.

Depois de beber uma ou mais garrafas de seu uísque ordinário, ficava bravo, valente, queria bater em todos, mas sempre escolhia só os mais fracos que ele (era um grande covarde).

Josh apanhou muito na infância e na adolescência; por isso, tratou de sair de casa cedo. Desde os dezesseis anos, ele cuidava de sua vida e morava sozinho.

Josh, se controlando ao máximo para não brigar, respondeu calmo e baixo:

- Não, pai, nunca esperei por seu dinheiro; e quero ter mais dinheiro ainda, para dar a você e a minha mãe. Pago meus estudos e minhas contas e Rae também – ela trabalha de garçonete para ajudar a cumprir com seus compromissos. Inclusive, é com meu trabalho que consigo mandar algum dinheiro para a mãe de vez em quando; senão, a coitada já estaria andando pelada e não teria dinheiro para os remédios de vocês.

Engoliu o último gole de uísque antes de continuar:

- O que você ganha aqui no rancho não dá nem para manter seus vícios. Ainda bem que você tem sua própria indústria caseira de cerveja e sua microdestilaria desse seu uísque vagabundo, senão, nem beber poderia.

- Como é, pai, que você acha que a mãe ainda está pagando o salário dos empregados que eventualmente trabalham aqui?

Depois de outro murro na mesa, o velho atalhou:

- Escuta aqui, seu moleque, meu uísque não é ordinário como você diz, é de primeira, aprendi a produzi-lo com seu avô na Irlanda. É quase um irlandês legítimo. E tem mais: você acha que dependo de seu dinheiro para manter meu rancho?

- Sim pai, depende sim. E, quer saber mais, não estou aqui para brigar, vim ver a mãe. Estou cheio disso: basta eu por os pés aqui no rancho, que você vem com brigas e mais brigas, nunca reconhece nada que eu faço para ajudar.

Josh, farto da conversa nojenta de O'Connor, levantou-se e foi em direção à cozinha encontrar Rae e sua mãe; estavam lá, chorando, tristes com a recepção desastrosa que O'Connor proporcionava a seu filho depois de meses e meses sem vê-lo – era rídiculo e cruel.

- Mãe, hoje eu e Rae vamos ficar na casa da árvore, perto do rio. Voltamos amanhã, ele provavelmente vai estar de ressaca e sóbrio; vai ser mais fácil conversarmos.

- Faça isso, meu filho: vai ser melhor. Sabe como é seu pai, cheio de normas e regras; é o jeito dele. Você precisa dar um desconto para aquilo que ele fala, sabe como ele é quando está um pouco alto, gosta de dar uns sermões.

- A senhora, mãe, não muda nunca, sempre acobertando e aceitando as sandices do pai; dizendo amém a tudo que ele fala e quer.

- É assim mesmo, meu filho; sabe que ele é teimoso, turrão, cabeça dura, você conhece o seu pai.

- Conheço mãe, mas não gosto e não aceito as grosserias dele; não sei como você pode conviver com isso e aceitar todas as barbaridades do pai.

- Vamos, Rae, amanhã a gente volta.

As mulheres se despediram e eles saíram pelos fundos, para evitar mais conversas com O'Connor.

Pegaram a moto e foram em direção ao rio que cortava os fundos do rancho.

Chegando lá, Josh mostrou uma casa que ele tinha construído quando era criança, em cima de uma árvore grande e muito antiga.

- Josh, que casa de árvore linda! Como ela é grande; sempre quis ter uma dessa. Foi você que a construiu sozinho?

- Sim: fui fazendo aos poucos, cada ano aumentava mais um tanto, até que ela ficou como está agora.

- Uns anos atrás, quando comecei a ganhar mais dinheiro, fiz uma reforma geral, deixei tudo bem arrumado, inclusive fiz aquele anexo (Josh apontou para esquerda, em direção a uma elevação plana de pedra, onde havia uma construção pequena de alvenaria). Eu já tinha dezoito anos, logo que comecei a trabalhar em período integral, depois que terminei o segundo grau.

- A casa lá de cima da árvore é toda de madeira leve, bem reforçada; o térreo, ao lado da árvore, fiz de cimento e pedras. Instalei um gerador diesel que fornece energia para toda casa, também fiz um banheiro completo e uma cozinha, que está toda equipada, tem pia, geladeira, fogão elétrico, mesa e tudo mais; todo conforto da modernidade.

- Quando eu era criança, tinha esse sonho de arrumar toda a casa; essa sempre foi na verdade minha única casa – continuou Josh, quase chorando enquanto falava. Tenho problemas de relacionamento com meu pai – você viu e sentiu o clima e pode imaginar como foi minha juventude aqui nessa fazenda. Difícil e complicada.

Nesse momento, Josh lembrou-se de como havia sido importante o apoio que recebera, inúmeras vezes, daquela Senhora misteriosa que aparecia sempre nos momentos nos quais ele passava por grandes crises e severas tribulações causadas por seu pai. Onde estaria ela? Desde que deixou a fazenda e foi para a cidade, não a tinha visto mais.

Lembrou-se da Senhora misteriosa, mas

não comentou nada com Rae; afinal, não tinha certeza se ela era real ou apenas fruto da sua imaginação em busca de refúgio e conforto.

- Josh, que legal! Vamos morar como Robson Crusoé: numa casa de árvore, mas com todo conforto! Isso sim que é vida! Bem em frente ao rio e no meio do mato, toda essa natureza esplendorosa ao nosso dispor: vou gostar daqui!

- Esse foi meu refúgio quando eu era mais jovem, quando eu queria ficar bem longe de meu pai e de suas bebedeiras infindáveis; só aqui eu me sentia seguro.

Algumas lágrimas brotaram nos olhos de Josh – mesmo ele disfarçando, Rae percebeu e o abraçou com ternura. A moça não falou nada a respeito do relacionamento complicado dele com o pai: sabia que esse assunto o deixava constrangido e profundamente triste.

- Não vai mostrar-me sua casa, meu amor?

- Claro, vamos lá: me ajuda com a tralha!

Foram até a moto e começaram a descarregar tudo. Josh, prevendo os problemas inevitáveis com seu pai, trazia algumas provisões, caixas de cerveja em lata e garrafas de vinho tinto da Califórnia (sabia que Rae adorava um bom vinho tinto; aquele era de uma das melhores safras californianas).

Quando chegaram embaixo da árvore, Josh deu um salto, agarrou no meio das folhas uma ponta de uma corda, puxou-a e fez descer uma escada de madeira e cordas.

- Espera aqui um pouquinho Rae que vou subir e fazer descer o elevador!

- Elevador?

- Espera que você vai ver!

Josh subiu pela escada de corda (era uma árvore alta, a casa ficava bem lá em cima) e chegou numa passarela de madeira que levava até a entrada. Ele caminhou pela passarela até uma espécie de varanda de dois metros quadrados. No fundo da varanda, tinha uma cesta de vime (semelhante àquelas utilizadas em balões) que era sustentada por algumas roldanas de ferro com cordas. Ele soltou a corda que prendia a cesta, fazendo-a descer até que parou no chão ao lado de Rae que, incrédula, se perguntava como aquele garoto deveria ter sido engenhoso e criativo!

Ela acomodou toda bagagem, Josh içou tudo bem rapidinho e depois desceu a cesta novamente.

- Agora, disse ele, é você: sobe na cesta

que vou puxar. Serviço expresso e VIP, minha querida!

Ela riu, dizendo-lhe:

- Vai aguentar comigo?

- Claro, isso é fácil!

Rapidinho a moça chegou lá em cima. Quando saiu da cesta, abraçou o namorado e lhe beijou: Obrigado meu amor!

- A casa deve estar suja; faz tempo que não venho aqui, exclamou Josh.

- Tem vassoura, pano e água? Perguntou Rae: deixa comigo que faço tudo ficar brilhando!

- Claro: tem tudo aqui.

Apontou para o lado direito da varanda onde havia uma pia grande e uma bomba manual de água.

- Aquela bomba traz água fresca direto da cisterna que fica ao lado da cozinha – informou o rapaz. Vou descer para ligar o gerador, colocar as provisões na geladeira: claro, as cervejinhas e o vinho para gelar. Depois, enquanto você limpa a casa, vou pescar uns peixes frescos para o jantar.

Tudo foi transcorrendo tranquilamente. Josh disfarçava a tristeza profunda, que tinha em seu coração, se ocupando de algumas tarefas. Logo, a casa e toda árvore estavam iluminadas, parecia uma linda árvore de natal e podia ser vista de muito longe.

Atrás da casa, Josh havia construído uma varanda, maior que a da frente e que avançava por sobre o rio. De lá do alto, ele podia pescar na santa paz. Foi o que ele fez para relaxar. Facilmente, pescou alguns peixes, que foram limpos e preparados na cozinha do térreo e devorados rapidamente pelo casal faminto, junto com algumas cervejinhas.

Como Josh havia dito: vida no campo com a comodidade da modernidade!

Rae, extremamente cansada, foi dormir logo depois de comer e de tomar a quarta cerveja. Josh ajeitou sua pequena num dos sacos de dormir, colocou por cima dela um véu de mosquiteiro, preso no teto e que se abria como um cone, protegendo seu sono contra as picadas dos abundantes mosquitos. A noite estava fresca e o clima seco: todas as janelas se encontravam abertas, para permitir que uma leve brisa circulasse por toda casa. Rae adormeceu quase instantaneamente, envolta numa manta aconchegante – dormiu pesado; o dia fora cansativo.

Josh ficou por ali na varanda, contemplando o céu limpo e estrelado, observando as águas do rio correndo mansamente. Seu coração apertava no peito, cheio de tristezas e amarguras, e o choro foi inevitável: veio forte, cheio de emoção; foi uma forma de aliviar-se e de colocar para fora uma parte de seus tormentos, que ano após ano o acompanhavam e faziam muito mal para sua vida. Adormeceu ali na varanda mesmo.

IV

Um sonho chegou ao seu inconsciente: um clarão no céu, uma luz forte cortou a imensidão do firmamento e a figura de uma Senhora começou a emergir das águas do rio; foi crescendo, crescendo, crescendo até que se tornou gigante.

O rosto de Josh brilhou, seus olhos pareciam que faiscavam luz e uma paz imensa tomou conta de todo seu espírito. A Senhora então falou-lhe:

- Josh, meu querido, não deixe sua vida ser governada pela tristeza; arranque o rancor que traz enraizado em seu coração e coloque no lugar o amor e o perdão.

Com voz calma e afetuosa, continuou com seus conselhos a Josh:

- Sei que é difícil para um jovem como você entender como é fundamental e importante para o ser humano amar e principalmente perdoar aqueles que causam dor e sofrimento – e que fazem isso de uma forma permanente e constante. A pouca experiência e a juventude quase sempre levam à fuga, ao afastamento e ao confronto: ódio provocando mais ódio.

- Entenda, meu querido, que essa corrente do mal precisa ser quebrada e destruída dentro das famílias – sentenciou brandamente.

- Seu pai age com você dessa maneira porque o pai dele também o fez. O avô também fez o mesmo com o pai dele e a bisavó agiu da mesma maneira. É uma corrente do mal, construída geração após geração.

- Claro que isso não justifica as ações de seu pai em relação a você. O fato de ele ter sido agredido por seu avô, e todas as agressões ancestrais, não o autorizam a fazer o mesmo com você. Mas saber disso deve dar a você subsídios para entender as sementes primitivas e as raízes profundas dessa violência.

- Cabe a você, Josh, quebrar essa corrente maléfica, pois não deve aceitar e permitir a continuidade desse mal. Comece por perdoar e romper o elo dessa corrente, não permitindo que ela se estenda a seus filhos.

Com um olhar ainda mais terno, a Senhora completou sua exortação: Só o amor é capaz de transformar esses sentimentos, bem como só o perdão é capaz de trazer a paz para dentro das famílias!

- Eu nunca vou tratar meus filhos (se algum dia tiver coragem de ter filhos) da maneira como sou tratado, protestou e prometeu o rapaz, ainda banhado em lágrimas.

- Eu acredito nisso, meu querido: você nunca agirá dessa forma. Contenha sua fúria perante seu pai; arranque as amarguras que assolam seu peito e perdoe. Não é fácil, mas faça isso! Você irá sentir-se aliviado e mais feliz. Perdoe, meu querido! Só o amor e o perdão poderão mudar o destino da humanidade, transformando os relacionamentos e fortalecendo os laços familiares que há séculos têm sido corrompidos e minimizados.

- A família é a instituição mais preciosa da sociedade humana no planeta Terra - a Senhora explicou-lhe, com doçura.

- Farei isso, minha Senhora!

A Senhora, ainda no sonho de Josh, revelou-lhe:

- Dentro de alguns anos, quando você estiver maduro, vou voltar; me revelarei e lhe darei uma grande missão.

Josh, agora atônito, quis saber se aquilo era um só um sonho ou era real.

Então, a Senhora o instruiu: - Suba o rio; próximo à cachoeira, que fica nas terras do seu pai, você encontrará, amanhã, a resposta para essa pergunta. Você saberá como reconhecer minha revelação!

- Agora, fique em paz, meu querido!

Josh despertou; ficou sem conseguir entender seu sonho, mas seu coração, de fato, estava em paz. Foi se deitar ao lado de Rae e então adormeceu profundamente.

V

No outro dia, Josh acordou logo que o dia clareou; desceu para a cozinha e preparou um belo café. Subiu tudo pelo seu "elevador" e acordou sua namorada. Comeram felizes: o rancor havia se afastado do coração deles. Ele convidou Rae para irem até a cachoeira, com o pretexto de tomarem um banho juntos.

Na verdade, Josh queria ir atrás da prova de que a Senhora era real, não apenas um sonho: precisava dessa certeza.

Pegaram a moto e foram para a cachoeira. Quando chegaram, Josh avistou uma imensa macieira, carregadinha de frutos vermelhos e suculentos.

Rae exclamou - Que macieira linda! Está repleta de frutos, devem ser deliciosos. Veja, Josh, como estão vermelhos; estou com água na boca de tanta vontade de comê-los.

Josh, boquiaberto, estava sem fala. Como era possível que aquela árvore estivesse ali? Nunca a tinha visto antes - e onde a árvore se encontrava, pelo tamanho que possuía, era impossível nunca ter sido vista. Seriam necessários muitos anos para que a macieira pudesse ter se desenvolvido daquela forma. E seu pai nunca permitiria isso: ele tinha ódio por maçã e macieiras; de forma alguma ele deixaria uma árvore como aquela se desenvolver nas suas terras. Com certeza, O'Connor a teria arrancado assim que tivesse brotado. Isso era impossível, nunca poderia ter acontecido.

Nesse instante, Josh se deu conta: era a sua resposta, a prova de que a Senhora era real e não fruto de sua imaginação. Não tinha dúvidas: era uma macieira colocada ali pela grande Senhora.

A Missão

I

Enquanto caminhava às margens do lago, as lembranças desapareceram da mesma maneira mágica com que vieram: a mãe, o pai, a moto, a casa da árvore, a cachoeira, a macieira. Mas, novamente, Josh teve a certeza: a Senhora gigantesca que surgira das águas do rio naquela noite era a mesma dos seus sonhos atuais.

Essa lembrança também se encontrava escondida no seu inconsciente e, por alguma razão misteriosa, tinha sido bloqueada até então.

Josh continuou sua caminhada à beira do lago, mergulhado em seus pensamentos, deliciando-se com sua pequena merenda.

O calor ameno e gostoso do sol aquecia seu corpo e, até mesmo, seu coração. Ao mesmo tempo, ia se lembrando da majestosa Senhora do seu sonho daquela noite. Sentia que havia sido chamado para vir até ali. Isso seria real? Ou seria mais um sonho sem sentido? Ficou uma hora e então voltou para perto de Tornado. Sentiu, de repente, uma preguiça, um sono gostoso e resolveu tirar uma soneca. Ainda falou, brincando, ao cavalo:

– Avise-me se aparecer algum animal,

principalmente cobras, elas são perigosamente silenciosas. Meu amigo: é só relinchar alto que eu acordo. Assim, deitou-se tranquilo. Antes de pegar no sono, levantou-se e foi até seu cinturão para desligar o celular e o rádio. Não desejava ser incomodado e queria garantir isso. Pensava na Senhora que havia visto em seus sonhos. Pretendia dormir, estava cansado e já fazia noites que não dormia bem.

Talvez a Senhora viesse em sonho novamente. Dormindo, seria possível um novo encontro com Ela.

II

Retornou para seu saco de dormir. Algumas horas depois, Josh foi acordado por um vento forte. O tempo mudara repentinamente e uma tempestade se anunciava. Levantou-se rápido e olhou para o céu: continuava limpo como antes, não havia as nuvens negras de uma típica tempestade de outono; ainda assim, o vento continuava cada vez mais forte.

Ficou apavorado!

Tornado, também assustado, relinchava alto e tentava se soltar da corda que o prendia à árvore, certamente para sair em disparada. O animal tinha a mesma percepção do perigo iminente – algo sobrenatural acontecia naquele local e era assustador.

Josh correu até ele, pegou-o pelo cabresto, trouxe a cabeça do cavalo para perto da sua face e falou-lhe mansamente.

Procurava lhe dar a tranquilidade que ele mesmo não tinha, pois se encontrava nervoso, tal como o animal.

O vento aumentou e Josh correu para pegar uma nova corda em sua cela. Passou outro laço no pescoço do cavalo e amarrou a outra ponta numa árvore, maior que a primeira. Dessa forma o animal ficou firme, sem condições de fugir. Josh caminhou rápido em direção à rocha onde estavam suas coisas e as protegeu melhor para evitar que viesse perdê-las, o vento já adquiria a força de um furacão e parecia querer arrancar algumas árvores.

O mais estranho e amedrontador era que não havia nuvens carregadas no céu: o tempo continuava firme, o sol brilhava como nunca, não havia explicação para aquele vento fortíssimo! Até as águas do lago continuavam calmas, como se nada estivesse acontecendo.

Quase um furacão, com ventos possivelmente acima de cem quilômetros por hora, mas as águas permaneciam paradas!

Repentinamente – e do nada – apareceu nas nuvens a figura de uma linda Senhora, circundada por forte e brilhante luz. Tinha uma beleza magnífica e uma luz irradiava de seu corpo – que, apesar de intensa e forte, não ofuscava.

Naquele momento, uma forte onda de energia tomou conta do corpo e da alma de Josh, deixando-o embriagado de paz, tranquilidade e felicidade plena. Josh não sentia mais medo. Pelo contrário, sentia-se feliz pela distinção que estava recebendo, pelo privilégio de ter uma visão como aquela.

O vento forte parou de soprar, a esplendorosa visão que vinha das nuvens foi descendo, até que a figura da mulher ficou levitando acima de uma rocha próxima às margens do lago. A majestosa senhora olhava para Josh e seus olhos azuis brilhavam intensamente. Tinha um olhar terno, manso, que demonstrava amor e proteção. Ela sorria para ele. Então, disse suavemente, mas com voz firme e segura, numa tonalidade impressionante que soava como música aos ouvidos de Josh:

– Josh, hoje vou revelar meu nome a você: sou a Senhora da Luz, protetora de todos os seres humanos, da flora e da fauna na Terra. Vim anunciar que você foi o escolhido para comandar a "grande missão" de salvar vidas e evitar sofrimentos a milhões de humanos. Lembra-te que na sua juventude um dia te falei que faria isso?

- Sim, lembro-me!

Ela continuou, enquanto Josh, estarrecido e profundamente emocionado com a visão, estava estático, sem ação, apenas ouvindo atento.

– Uma grande ameaça paira sobre a Terra. A população estará em grande perigo diante de uma peste letal que irá assolar todas as nações. O mal se espalhará pelos quatro cantos do planeta, como você tem visto em seus pesadelos. Esclareço-os a você: não eram sonhos. Eram visões de um futuro, que poderá vir a ser uma triste realidade. E isso dependerá do seu sucesso – e dos guerreiros que você comandará, caso aceite fazer um pacto hoje comigo, uma aliança.

A Senhora da Luz fez então uma pequena pausa e prosseguiu, enquanto Josh permanecia mudo:

– Dentro de cem dias, um grupo de terroristas pretende iniciar uma série de atentados com armas biológicas a este país e a outras nações. Os ataques serão realizados nos maiores santuários ecológicos do planeta. Outras ações serão deflagradas em santuários religiosos em todos os continentes, em dias de comemorações nos quais se reúnem milhares de pessoas. O número de mortos será incontável e inimaginável.

– A primeira ação terrorista será no

Olympic Park, perto da cidade de Seattle, no Estado de Washington. Você conhece o local!

Mais uma pequena pausa e então detalhou:

– Em breve, você será contatado por um banqueiro chinês chamado Li. Ele é o presidente de um conselho de dez pessoas notáveis, detentoras de grandes fortunas. Eles coordenarão e financiarão todas as ações que você irá comandar. Junto com ele, estará uma mulher russa, diretora executiva desse conselho: seu nome é Lara. Ela teve a função estratégica de recrutar e treinar as brigadas de guerreiros, que serão os seus comandados, se você aceitar a missão.

Lara e Li lhe darão mais detalhes que auxiliarão no planejamento das ações antiterroristas. Lara virá a sua casa amanhã pela manhã para conversar e colocar a seu dispor informações vitais para o sucesso da missão.

A Senhora da Luz, então, seguiu dizendo:

– Faço agora com você, Josh, uma aliança: o protegerei e o auxiliarei nas suas lutas. E darei prova irrefutável de que sou real, não fruto de sua imaginação ou uma alucinação de uma mente perturbada.

Neste momento, uma placa de cristal azul

escuro de brilho intenso materializou-se lentamente nas mãos da Senhora. Incrustado na parte superior da placa havia um mapa-múndi. No meio, logo abaixo do mapa, havia uma sequência de números formando um código binário. E, na parte inferior, estava inscrito em latim:

DAMNANT OS NVMQUAM CLAVDIT MITTIT NVNTIVS TERTIA AGENS EST INCLVDITVR[5]

A Senhora entregou o cristal a Josh e falou-lhe:

- Esse é o símbolo de nossa aliança e um dia ele ajudará a desvendar grandes mistérios. Guarde esse cristal em segredo. Não deve mostrá-lo a absolutamente ninguém até que eu autorize. Quando necessário, coloque-o em suas mãos para pedir a minha ajuda e virei em seu auxílio.

Só então, mas com muito esforço, é que Josh conseguiu falar, emocionado e profundamente tocado pelas palavras da Senhora da Luz:

- Pode ter certeza que darei a vida, se necessário for, para cumprir suas determinações! Farei o possível, até mesmo o impossível, com a Senhora me auxiliando. Aceito a missão. Estou honrado em ter sido escolhido. Aceito a aliança

---

[5] Modernamente: Damnant os numquam claudit mittit nuntius: tertia agens est includitur.

proposta!

Ele falava sentindo-se profundamente tomado pela luz, pela voz cativante e macia da Senhora. Seu corpo estava leve e parecia flutuar. Ele sentia até que poderia tocar os pés da Madona – que levitava pouco acima do rochedo.

– Obrigada, Josh, nossa aliança está agora estabelecida e nunca poderá ser quebrada.

III

A visão da Senhora da Luz desapareceu e Josh permaneceu ali por longo tempo, refletindo sobre o porquê de ter sido escolhido para aquela missão. Não se achava uma pessoa especial e muito menos possuía experiência militar ou de guerrilha. Não compreendia a razão desta escolha. Olhava para a pedra de cristal, a prova inquestionável de que a visão daquela mulher era real.

Mas o que seria aquele código binário? O que significava a inscrição em latim?

Não tinha respostas para suas dúvidas, mas tinha certeza de que não era louco e de que não havia tido uma alucinação.

A Senhora realmente viera, como havia anunciado em seu sonho, e o cristal azul era a prova concreta dessa manifestação sobrenatural. Ele realmente havia recebido a grande missão como a garota havia revelado em seus pesadelos – era o Escolhido. Tinha um pacto com a Senhora da Luz e iria lutar a guerra pela segurança da humanidade: se preciso fosse, morreria por ela.

Quando resolveu sair do local, já despontava um entardecer magnífico: já era mais de seis hora.

Selou Tornado, juntou suas tralhas, colocou o cristal azul em seu alforje e voltou para o rancho, a galope. Chegou em casa às oito horas da noite. Entrou pelos fundos da sede do rancho. Simon estava por ali, à sua espera, já agoniado com a demora, pois o celular e o rádio estavam desligados.

Como todos estavam aflitos por notícias, Simon foi falando:

– *Patron*, até que enfim! Dona Rachel está morta de preocupação e nós também!

– Está tudo bem, desliguei o celular e o rádio para não ser incomodado e esqueci-me de os religar. Vou tomar um banho antes do jantar. Leve Tornado para a cocheira; dê-lhe uma bela refeição: ele está cansado. Meu companheiro galopou bravamente comigo hoje.

– Vou fazer isso agora mesmo, *Patron*!

Josh entregou o cavalo a Simon, pegou os

alforjes na sela e foi rápido para dentro de casa. Em seu caminho, encontrou Rae na cozinha. Ela disse-lhe:

– Josh, que demora! Seu celular e seu rádio não funcionavam, o que aconteceu?

– Nada de ruim, conto depois, com calma. Tudo o que quero agora é um banho. Por favor, leve uma canja no quarto, para mim. Vou dormir cedo, estou muito cansado. O dia foi cheio de acontecimentos importantes. Depois, querida, conto tudo com detalhes.

– Certo, depois falamos sobre isso!

Um Novo Dia

I

Na manhã seguinte, Josh acordou tarde – passavam das nove da manhã. Afinal, tinham sido várias noites de insônia. Era terça-feira. Já não havia mais ansiedade em seu coração, somente a certeza do primeiro rumo a ser tomado. O conhecimento dos outros destinos viria no tempo certo. Mas, isso não atribulava mais o coração de Josh: sabia que teria um trabalho árduo e desafiador pela frente. Adorava desafios, amava viver em perigo, era viciado em adrenalina. Já sonhava com as operações arriscadas que iriam acontecer em breve!

Havia decidido aceitar a convocação da Senhora da Luz, pois estava seguro que esse era o caminho certo a ser trilhado. Rae chegou, trazendo uma bandeja com um belíssimo café da manhã, digno de um lorde. Josh, esfomeado, devorou tudo enquanto conversava alegremente. Anunciou:

– Vamos mudar nossos planos. Voltaremos hoje para Seattle; tenho negócios a resolver.

– Mas, por que não iremos mais passar essa semana inteira no rancho? Adoro ficar por aqui, não quero voltar hoje. Vamos ficar mais uns dias...

– Sinto muito, mas não dá. No caminho explicarei as razões. Por favor, arrume nossas malas. Nesse meio tempo, conversarei com os peões e o capataz. Darei algumas ordens a respeito dos trabalhos das próximas semanas. Outro detalhe: espero uma visita hoje de manhã.

– Quem é essa visita?

– Um contato de negócios da Rússia.

– Negócios do leste europeu no rancho?

– Um problema urgente com nossos parceiros russos, que preciso resolver. Nada sério.

Rae se contentou com as meio explicações e saiu do quarto para ver como andavam os preparativos do almoço. Consuelo havia prometido uma comida especial. Ela foi verificar o cardápio, talvez a visita misteriosa de Josh pudesse ficar para almoçar com eles e precisava se certificar se estavam preparados para receber uma visita importante para Josh.

II

Duas horas depois, chegou aquela que era aguardada ansiosamente por Josh. Uma mulher intrigante, mas agradável, pelo menos aos olhos de Josh. Ele ficou encantado com sua beleza. Era Lara, a diretora do Conselho anunciado pela Senhora da Luz.

Rae estranhou, ou melhor, ficou com ciúmes, especialmente quando a visitante pediu para falar em particular com Josh. Eles se afastaram e foram conversar à beira da piscina.

Lara perguntou a Josh:

– Sabe quem eu sou?

– Sim. A Senhora da Luz me falou sobre você.

Lara prosseguiu:

– Vim rápido. Temos pouco tempo e não podemos desperdiçar um minuto sequer.

– Você é russa, mas seu inglês é impecável!

Lara riu e respondeu:

– Fiz graduação e mestrado em Biologia na Inglaterra e meu doutorado nos Estados Unidos; vivi por muitos anos em países de língua inglesa; em função disso, adquiri minha fluência. – Fez uma pequena pausa e prosseguiu: Falo outros idiomas, inclusive chinês!

– Estou impressionado com você; minha primeira impressão, ao ver você, é que estava diante de Julie Christie no auge de sua beleza, quando interpretou a russa Lara Atipova no filme "Doutor

Zhivago"[6], estrelado também pelo extraordinário Omar Sharif. Acredito que você tenha assistido!

– Claro! É um dos meus favoritos. Vi várias vezes, uma história sensacional: amo esse filme!

Josh retomou seus galanteios:

– Quando te vi chegando, ouvi em meus ouvidos o som de inúmeras balalaicas[7] tocando o "Tema de Lara": parecia até que eu havia viajado no tempo e estava na Rússia da Revolução de 1917.

Lara riu, lisonjeada pelos elogios de Josh; era um homem charmoso e atraente. Sentiu um frio correr pela sua espinha: definitivamente, ele mexia com ela, mas precisava se controlar e não se deixar levar pelo seu coração, estava ali para tratar da missão especial ordenada a eles pela grande Senhora da Luz. Precisava, acima de tudo, ser profissional; envolvimentos com aquele homem encantador naquele momento estavam completamente fora de cogitação e seus impulsos e sentimentos precisavam ser abafados de qualquer maneira – e era isso o que seria feito.

Josh, bastante impressionado com a

---

[6] O filme ganhou cinco prêmios da Academia em 1966 e foi uma das maiores bilheterias da história, arrastando multidões aos cinemas em todo mundo.

[7] Balalaica: instrumento musical de corda russo, muito antigo, parece com o bandolim.

cultura e com a beleza exuberante da mulher à sua frente, tentou esticar a conversa com amenidades, mas ela procurou manter a frieza de um encontro, vamos dizer, de negócios.

Assim, ela o cortou e foi direto para o assunto de sua visita:

– Não sei o que Lady of Light[8] revelou a você sobre as minhas funções, mas vou procurar resumir e ser bastante clara e direta; depois, aos poucos, em nossas próximas conversas, que serão constantes, vou revelando mais detalhes.

– Disponho de duas unidades de guerreiros bem treinados, prontos e à sua disposição. Cento e noventa e seis guerreiros estão em Seattle à sua espera. Afora isto, dispomos de mais cento e noventa e seis da unidade de reserva, numa ilha não muito distante dos Estados Unidos, em águas internacionais.

– Esta unidade de reserva é anfíbia. Hoje, colocamos à sua disposição grande quantidade de barcos e helicópteros. Temos um navio de transporte de tropas ancorado numa enseada da ilha, pronto para zarpar. Em poucas horas, podem desembarcar na costa americana. Esperam só por um comando seu

---

[8] Senhora da Luz

para entrar em ação. Contudo, você só deve ordenar que passem a participar da missão quando realmente precisar deles; isso por segurança, para não despertar a atenção das autoridades.

Josh interrompeu e perguntou-lhe:

– O que você pode falar sobre esses ataques? Ainda não sei quase nada sobre eles.

– Não dispomos de muitas informações sobre a forma como esses terroristas pretendem atacar – respondeu Lara – tampouco sobre o tipo de arma que irão utilizar. Sabemos apenas que são armas biológicas: vírus ou bactérias. Conhecemos também o local onde será o primeiro ataque: o Olympic National Park.

– Eles irão atacar em vários locais ao mesmo tempo?

– Não. As ações terroristas nunca serão simultâneas. Nos Estados Unidos, os alvos são os santuários ecológicos, com intervalos de setenta a cento e vinte dias entre eles. Mas outros países também serão atingidos.

Josh interrompeu novamente:

– Quais os outros países que serão alvos de ataques, além dos Estados Unidos?

– Sobre os ataques fora do território americano sabemos apenas que serão deflagrados em santuários religiosos em dias de grandes comemorações. Isto atingirá milhares de pessoas.

Também santuários ecológicos fora dos Estados Unidos poderão ser atingidos, mas, quanto a isso, ainda não conhecemos todos os detalhes, precisaremos esperar por novas revelações de Lady of Light.

– A carnificina de todas essas ações terroristas será imensa, superior à provocada pela Peste Negra[9]. Pela gravidade da nova doença, criada artificialmente em laboratórios de Engenharia Genética, e em função do desastre epidemiológico sem precedentes que essas armas biológicas poderão proporcionar à população mundial, é que Lady of Light resolveu intervir, estendendo sua mão em nosso auxílio e socorro.

– Uma intervenção realmente providencial!

– Josh, você precisa detê-los o quanto antes!

Para isso – continuou a russa – você terá grande apoio financeiro do Conselho presidido pelo meu chefe, o banqueiro Li. Amanhã, ao meio-dia, você receberá uma ligação dele e vamos ter uma

---

9 A maior epidemia de doença contagiosa da história. Aconteceu na era medieval, assolou toda Europa e dizimou grande parte de sua população.

videoconferência da qual participará todo o Conselho, mas você só irá conversar com Li e comigo. Os outros integrantes do Conselho irão monitorar a reunião. Eles estão em vários países e, por medida de segurança, suas identidades serão mantidas em sigilo.

Lara continuou com sua explanação:

– Não participarei diretamente das batalhas. Bem que gostaria, mas as funções executivas que preciso exercer me impedem. Estas tarefas exigem todo meu esforço devido à sua multiplicidade: recrutamento, finança, transporte e logística, suprimento, armas, munições, instalações e tudo mais.

E acrescentou:

– Qualquer coisa que venha a precisar, é só solicitar que será prontamente atendido. Você tem perguntas ou dúvidas?

Josh, que até então quase só ouvia a explanação de Lara, mantendo-se praticamente calado a maior parte do tempo, respondeu:

– Não. Ainda não consegui processar o turbilhão de informações recebidas. Preciso de algum tempo para assimilar tudo e organizar a minha mente para ter condições de começar a planejar os próximos passos. Mas fique tranquila: em pouco tempo estarei no controle da nova situação e focado no cumprimento da missão com todo meu empenho e dedicação. É só uma questão de tempo, tenha certeza disso. Josh achou prudente não mostrar a Lara o cristal azul, cumprindo as determinações da Senhora da Luz para manter tudo em segredo até segunda ordem.

– Preciso ir agora – disse Lara, vencendo o desejo de prolongar a conversa.

Foi um grande prazer conhecê-lo pessoalmente. Não se esqueça da chamada do Conselho amanhã, ao meio-dia, no seu apartamento!

Levantou-se, foi até Josh e lhe deu um beijo na face, dizendo baixinho em seu ouvido:

– Obrigada por aceitar a missão. Estou feliz!

Virou-se, foi até a frente da casa, entrou no carro e partiu tão misteriosamente como havia chegado. Josh não podia negar, ficou impressionado com Lara: era uma mulher linda e atraente!

III

O resto da manhã transcorreu normalmente. No começo da tarde, veio o almoço delicioso feito por Consuelo: peixe fresco, pescado no lago do rancho!

O peixe foi grelhado inteiro e preparado

com um tempero mexicano especial. Era uma receita de família da Consuelo, passada de mãe para filha há gerações, desde os antepassados astecas[10]. Um manjar dos deuses!

Josh e Rae agradeceram à Consuelo pelo almoço maravilhoso que havia feito. Ficariam com saudades da comida que ela sempre preparava quando eles estavam no rancho.

Algum tempo depois, as malas foram colocadas no carro por Simon. Despediram-se e colocaram o pé na estrada. Duas horas depois, chegavam ao apartamento que tinham num bairro de alta classe em Seattle, uma cidade de paisagens magníficas, cercada de lagos e com uma linda baía junto ao Oceano Pacífico, detentora de belas praias, santuários ecológicos de ecossistemas de costa, ilhas e florestas.

A situação financeira do casal era sólida, diversificada em vários negócios pela internet, ações, aplicações financeiras rentáveis, imóveis, produção de

---

10
   Os **astecas** (a forma **azteca** também é usada) foram uma civilização mesoamericana, pré-colombiana,   que   floresceu   principalmente   entre   os   séculos XIV e XVI, no território correspondente ao atual México. Na sucessão de povos mesoamericanos que deram origem a essa civilização, destacam-se os toltecas, por suas conquistas civilizatórias, florescendo entre o século X e o século XII, seguidos pelos chichimecas, imediatamente anteriores e praticamente fundadores do Império Asteca com a queda do Império Tolteca. Os astecas foram derrotados e sua civilização destruída pelos conquistadores espanhóis, comandados por Fernando Cortez.

(Origem: Wikipédia – a enciclopédia livre)

combustíveis e fazendas no Brasil. Normalmente, dividiam o ano em três partes: quatro meses na América do Norte, quatro no Brasil e os quatro meses restantes na Europa, pois tinham, também, uma casa aconchegante na Costa Azul francesa. A noite no apartamento foi especial e acordaram tarde no dia seguinte, como seria de esperar após uma noite de amor e descanso. Depois de um rápido café da manhã, Rae saiu e Josh ficou no apartamento, aguardando o contato do Conselho, como Lara havia pedido.

IV

Precisamente ao meio-dia, Josh recebeu o telefonema internacional de um banqueiro chinês chamado Xun Li Wen, avisando do início da videoconferência. Josh conhecia os negócios desse homem, que possuía grande reputação no mercado financeiro internacional.

Lara cumprimentou Josh, enquanto o restante do Conselho permaneceu mudo. Era imperativo que todos permanecessem no anonimato para dar maior segurança às atividades futuras de Josh. Assim, o Conselho coordenaria as operações, mas não era prudente expô-lo.

Li tomou a palavra:

– Josh, muito prazer em falar com você

pela primeira vez; não nos conhecemos pessoalmente, mas tomei a liberdade de investigá-lo e sei muito sobre sua vida.

Posso dizer que o admiro e concordo plenamente com a escolha de Lady of Light. A partir de agora, vamos poder conversar sempre e assim que seja possível e que sua missão permita uma pequena folga, gostaria de recebê-lo em minha casa em Londres para conhecê-lo pessoalmente!

– Obrigado, será um imenso prazer visitá-lo e farei isso assim que seja possível, mas acho que você sabe mais do que eu sobre minha capacidade e qualificações. Não sei ainda porque fui o escolhido (isso está um pouco confuso para mim), mas tenha a certeza que logo vou estar no controle de todas as atividades. Preciso só de um tempo para me adaptar a essa novidade em minha vida.

– Não posso negar que gostei da escolha. Estou pronto e decidido – continuou Josh – a dar cem por cento de mim pelo sucesso de nossas batalhas.

– Espero em breve assimilar todas as informações e adquirir os conhecimentos para desempenhar bem a missão.

Lara o interrompeu:

– Tenho certeza de que você foi a escolha acertada. Conte conosco, estamos à sua disposição, vamos auxiliá-lo em tudo que precisar.

    – Obrigado, Lara! Josh respondeu sorrindo.

    Li retomou a palavra:

    – Uma conta bancária foi aberta em seu nome na agência de meu banco nas Bahamas. Preciso que você a acesse agora, crie uma senha segura: por essa conta você vai movimentar milhões de dólares. Pegue um computador, vou lhe instruir como deve proceder.

    Josh puxou um computador que estava à sua frente e disse:

    - Ok, pode falar!

    Li passou as informações para que ele pudesse gerenciar a conta pela internet. Josh seguiu as instruções e logo concluíram a tarefa com sucesso.

    Lara esclareceu Josh:

    – Como pode ver no seu computador, essa conta possui um saldo disponível de dezenas de milhões de dólares. Esse valor é para financiar as operações iniciais das brigadas de guerreiros, as quais você irá comandar em breve. Essa conta não tem limite, será abastecida regularmente com dinheiro disponibilizado por todos os integrantes do Conselho. Você tem autonomia total para utilizar os fundos da maneira que achar conveniente e não precisa de autorização para nenhuma transação.

Após breve pausa, acrescentou:

– Quando necessitar de algum montante maior, será prudente falar com Li ou comigo, não para ser autorizado, apenas para que possamos disponibilizar novos fundos. Josh: você tem autonomia irrestrita.

– Agradeço aos senhores do Conselho e a você, Lara, pela confiança depositada em mim.

Li complementou:

– Se a Grande Senhora o escolheu, confia plenamente em você, na sua conduta e nas suas atitudes, quem somos nós para duvidar de sua integridade? Não devemos e nem podemos questionar nada.

Lara voltou a falar e informou a Josh:

– Em menos de uma hora você receberá a visita de um emissário, que entregará uma encomenda preciosa. Este homem é muito especial, será o segundo em comando nas brigadas. Nessa encomenda, dentro de uma valise de aço, há um arquivo digital com informações para a operação antiterrorista no Olympic National Park e também instruções de como manter contato comigo e Li de forma segura. Esse grupo, que será comandado por vocês, durante os treinamentos, se autointitulou de "Immortal

Brigate"[11]. Desde então, chamam-se uns aos outros pelo apelido IB. Depois que conhecer a base de operações especiais de Seattle, entenderá a razão desse nome. Outra coisa, Josh: apenas o portador da encomenda e você terão contato conosco.

– Mais um detalhe da maior importância: atuem sempre com discrição absoluta, principalmente em se tratando da utilização dos fundos destinados para sua missão. Da mesma forma no tocante a todas as ações de seus guerreiros, precisam ser cautelosos e apagar todos os seus rastros.

Lara ainda ressaltou:

– Devem evitar quaisquer problemas com as autoridades e manter as operações militares e financeiras em segredo absoluto. Nada pode vazar para os meios de comunicações. Qualquer informação sobre as operações especiais da Immortal Brigade tem de ser imediatamente abafada. Depois que receber a encomenda e se situar melhor sobre sua missão, conversaremos mais. Alguma dúvida?

– Como já falei, vou precisar de tempo

---

[11] Immortal Brigate – Brigada Imortal. Uma alusão aos Anauša – imortal em Persa antigo no tempo do imperador persa Ciro o Grande (547ac). Era uma brigada de 10.000 homens, de elite, guerreiros imbatíveis na época da conquista do Império Babilônico.
Depois, foram revividos no Império Sassanida, passando a se chamar Zhayedan – que também significava imortais, mas um termo da língua persa mais recente (226 dC). Séculos depois (969 dC), foram novamente revividos no Império Bizantino, mas como uma brigada de cavalaria pesada, utilizada como uma "Tropa de Choque" nos momentos cruciais das batalhas decisivas e importantes. Também era uma Tropa de Elite que sempre guardava os imperadores.

para assimilar a enxurrada de informações recebida nas últimas horas. Pouco a pouco, vou me situando; logo dominarei a situação inteiramente. Mas preciso, mesmo, de algum tempo!

Li voltou a falar:

– Claro, Josh. Mas, lembre-se de que o tempo é um artigo precioso. E fique tranquilo: estaremos ao seu lado.

Lara e Li se despediram; os outros integrantes do Conselho[12] se mantiveram calados.

V

Algum tempo depois, o emissário tocou o interfone do apartamento de Josh, que autorizou sua entrada no condomínio.

Ao abrir a porta, Josh ficou assustado com o gigante que encontrou. Era um homem de mais de dois metros de estatura e extremamente forte. Seus músculos pareciam prestes a estourar a camisa de malha.

Era totalmente careca, mas tinha um bigode fino e longo nas pontas, e olhos puxados. Tais características demonstravam sua ascendência

---

12

O Conselho era composto de dez grandes líderes, incluindo Li.

mongol.

Ele falou num inglês sem sotaque:

– Meu nome é Temudjin Khan. Coronel Khan, às suas ordens, comandante.

Josh, surpreso com a figura monumental à sua frente, exclamou:

– Pensei que fosse o próprio Genghis Khan! – Disse-lhe, rindo e ao mesmo tempo surpreso com a imagem do coronel, estático em sua frente.

Khan respondeu, também rindo com a cara de seu comandante:

– Quase ele. Sou mesmo um descendente de Genghis Khan[13].

– O sangue de guerreiros corre nas veias de nossa família há gerações. Inclusive, Temudjin era o nome de nascimento de Genghis Khan.

Josh retomou o controle da situação e solicitou ao visitante:

– Por favor, Coronel Khan, entre. E, por favor, entregue-me a maleta presa a seu pulso: já sei

---

[13]   Gengis Khan, Gengis Cã ou Gengis Cão, grafado também como Genghis Khan (em mongol Чингис Хаан, transl. *Tchinghis Khaan*; 1162 — 18 de agosto de 1227) foi um conquistador e imperador mongol, nascido com o nome de *Temudjin* nas proximidades do rio Onon, perto do lago Baikal. Gengis Khan nasceu cercado de lendas xamânicas sobre a vinda de um lobo cinzento que devoraria toda a Terra. Ainda jovem, matou o lobo e ficou muito famoso em sua tribo. Enfrentou a rejeição de sua família por seu próprio clã, mas voltaria para conquistar sua liderança, vencer seus rivais de clãs distintos e unificar os povos mongóis sob seu comando. Estrategista brilhante, com hábeis arqueiros montados à sua disposição, venceu a *grande muralha da China*, conquistou aquele país e estendeu o seu império em direção ao oeste e ao sul. Gengis morreria antes de ver seu império alcançar sua extensão máxima, mas todos os líderes mongóis posteriores associariam sua própria glória às conquistas de Gengis Khan, *que foi um dos comandantes militares mais bem sucedidos da história.*

que é uma encomenda para mim.

– Claro, comandante.

O Coronel pegou na bainha de sua calça a chave das algemas que prendiam a maleta a seu corpo. Estava assim escondida por medida de segurança. Em seguida, o guerreiro mongol abriu as algemas e entregou a maleta a Josh.

– Comandante, o senhor possui o código para abri-la?

– Sim, o chefão me passou e decorei o código. Fique à vontade amigo, vou examinar o conteúdo da valise em meu escritório. Entenda, são procedimentos de segurança.

E completou:

– Deseja beber algo, Coronel Khan? Talvez um suco, uma cerveja ou algo mais forte? O que prefere?

– Um suco, por favor. Não bebo nada alcoólico quando estou em serviço.

Josh foi buscar o suco na cozinha, voltou rapidamente, ligou a televisão, passou o controle remoto ao coronel, dizendo-lhe:

– Fique à vontade; se desejar mais alguma coisa: comida ou bebida, pode se servir na geladeira da cozinha.

Khan respondeu:

– Pode deixar comandante, leve o tempo que precisar; estarei bem por aqui; não se apresse, estou à sua disposição!

– Obrigado, coronel, retorno assim que terminar – Respondeu Josh, que depois de falar se dirigiu ao escritório.

Dentro da maleta de aço havia apenas um arquivo num dispositivo digital. Pegou-o e inseriu no computador. Um programa foi inicializado e solicitou uma sequência de dígitos para acessar os dados.

Ele digitou a senha, que havia sido dada pelo banqueiro Li, e uma série de informações sobre as operações dos terroristas passaram a ser mostradas na tela. Josh foi selecionando as mais relevantes no momento e observou que eram muitos dados, organizados em menus explicativos.

Mais tarde, iria analisar o conteúdo de forma detalhada para conhecer o modo operacional dos terroristas; por hora, só uma visão geral. Nosso homem ficou por ali por duas horas e guardou o arquivo digital na maleta. Abriu um compartimento secreto de sua mesa, um fundo falso, que dava acesso a um moderno cofre de alta segurança.

Teclou o segredo do cofre, a porta foi aberta e a maleta colocada em seu interior, junto ao cristal azul dado pela Senhora da Luz. Fechou tudo e voltou à sala, ao encontro de Khan, que permanecia à sua espera.

VI

Ainda bem que Rae havia saído antes da chegada do coronel, assim, Josh não precisou explicar-lhe quais negócios mantinha com aquele mongol, que não tinha o perfil de seus sócios habituais.

Com certeza, Rae ficaria curiosa, muito preocupada, se falasse claramente sobre a missão. Mais cedo ou mais tarde iria precisar conversar abertamente e detalhadamente, colocá-la a par de toda situação. Contudo, era um assunto delicado que deveria ser abordado no momento certo e da maneira mais suave possível. Não seria fácil, ele previa problemas com Rae, mas cuidaria disso depois.

Os dois saíram do apartamento. Josh perguntou ao coronel se ele estava de carro. Khan explicou-lhe que pareceu-lhe mais discreto não vir carro. Diante da resposta, foram até a garagem pegar o carro de Josh.

Os dois homens, que mais tarde se tornariam irmãos de batalha, seguiram para um armazém no cais do porto de Seattle onde estava instalada a Base da Immortal Brigade.

VII

Em menos de vinte minutos, chegaram à entrada do grande complexo. O prédio principal ostentava mais de cem metros de fachada. As laterais eram ainda mais extensas, trezentos metros. Tratava-se de um conjunto de armazéns reformados e interligados, escolhidos para sediar a base operacional da brigada de guerreiros. O complexo possuía uma grande *Drive Way*[14] do lado direito e nos fundos, para carga, descarga e *parking*. Uma cerca alta de ferro sitiava todo o terreno e os portões eram reforçados. Existiam também *security cameras* instaladas por toda a propriedade. A área era completamente vigiada. Apesar de toda a movimentação da operação militar, nada seria percebido, pois era uma região agitada pelo movimento de cargas e contêineres.

Estacionaram o carro no portão principal e Josh disse ao coronel que tinha visto, nos arquivos de instruções, que a primeira unidade da brigada se encontrava naquela base. Havia instruções e um número de celular, para o qual deveria ser feita uma ligação fornecendo uma senha para os portões serem abertos. Ao fim perguntou: – Conhece os homens que estão aí?

---

[14] Área de acesso de veículos – carros e grandes caminhões.

– Sim, mas faça a ligação. O senhor deve sempre seguir todos os procedimentos estabelecidos; dessa maneira, fica mais seguro. Dentro do armazém, a segurança é feita por irlandeses. Eu os conheci no campo de treinamento no qual ficamos por oito meses no ano passado. Avise a eles que chegamos. O líder dos irlandeses se chama Hugo O'Neill, Coronel O'Neill. Servi com ele, por alguns anos, na Legião Estrangeira na África, local onde demos baixa com patentes de coronel. Fale com ele.

Josh pegou seu celular e fez a ligação de segurança. Os portões começaram a abrir. Da porta principal do armazém saíram três homens armados. Os homens vieram calmamente na direção deles, enquanto Josh adentrava com o carro no complexo. Josh estacionou na frente dos homens. Khan abriu a porta do carro, saiu e gritou:

– Ei, O'Neill, como vai indo, seu bêbado irlandês, ainda esvaziando todas as garrafas de uísque que acha pela frente?

– Khan, seu gorila oriental, você está cada dia mais horrível. Acho que nunca mais pegou nenhuma mulher, a não ser as putas da beira do cais.

– Como vai você, meu amigo?

Os dois se abraçaram, rindo muito. Josh saiu do carro também e foi saudado por O'Neill:

– Como vai, comandante? Coronel Hugo O'Neill, às suas ordens.

Bateu continência, mas Josh estendeu a mão, deixando as formalidades de lado, pois não era militar, e disse-lhe:

– Muito bem, Coronel.

O'Neill ordenou aos homens a seu lado:

– Levem o carro do comandante para dentro. Os dois coronéis e Josh caminharam para o armazém, falando animadamente como velhos amigos. O dia seria de longas conversas.

Dois anos antes

Primavera em Moscou – Rússia

I

Lara desembarcou em Moscou às seis da manhã, tomou um táxi no aeroporto e se dirigiu a um dos melhores hotéis da capital russa; ela tinha reservado a suíte presidencial no Marriott Royal Aurora Hotel[15] – isso foi uma sugestão do banqueiro chinês Li. Ela vinha tratar de negócio de guerra com um dos chefes mais poderoso da máfia russa: o general da reserva Nikita Demyan Dmitri (general Dmitri, como era conhecido no mercado negro de armas e de soldados mercenários). Assim, Lara precisava impressionar e mostrar que tinha poder e grande riqueza, para ser respeitada e ouvida pela máfia russa.

O general Dmitri (na época coronel) havia sido o comandante do pelotão das forças especiais quando Lara completou seu serviço militar obrigatório de dois anos, antes de ingressar na universidade. Era viúvo e tinha se apaixonado por Lara, mas ela nunca correspondera ao seu amor; certamente, ele não a tinha esquecido – e ela contava com isso para abrir seu caminho e chegar até o

---

[15] Um dos mais antigos e luxuosos hotéis de Moscou, muito próximo à Praça Vermelha, ao Kremlin, ao Teatro Bolshoi, ao Museu de Artes Puskin, à Catedral de São Basílio e ao Mausoléu de Lênin.

poderoso chefão.

Depois de uma ducha relaxante, Lara dormiu um pouco e, às dez da manhã em ponto, ligou para Dmitri (antes de viajar, havia feito inúmeros contatos na Rússia e tinha todas as informações que precisava sobre a velha raposa, incluindo endereço e celular), sendo atendida imediatamente.

– Bom dia, general. Aqui é a tenente Arisha Lara Kseniya; ainda lembra-se de mim?

– Claro, minha querida. Como iria me esquecer da mulher mais atraente que conheci em minha vida? Você está em Moscou?

– Sim, general: cheguei hoje. Tenho negócios importantes para tratar com o senhor; vamos dizer, negócios extremamente lucrativos, daqueles que o senhor adora!

– Só "negócios", tenente?

– Só negócios, general; mas o senhor vai amar as cifras a que estou me referindo, coisa muito grande mesmo. Gostaria de almoçar com o general em minha suíte no Marriott Royal.

– Qual o número de sua suíte, tenente?

– É a presidencial. Às duas, em ponto, está bom para o senhor?

– Perfeito; mas, por favor, pare de me chamar de senhor: não estamos mais no velho exército soviético.

– Força do hábito, general.

– Encontro você no Royal às duas, até mais.

– Até mais, Dmitri.

O estômago de Lara embrulhou com a melosidade do velho babão; o homem tinha mais de setenta anos e queria parecer um garotão de vinte anos. Iria ser difícil aguentar as cantadas do general; tinha nojo dele, mas era uma peça importante na "caça ao tesouro" que estava iniciando; ela precisava chegar até os cinco grandes comandantes mercenários – talvez os melhores do mundo nessa profissão – e, para isso, precisava da ajuda e da intermediação da velha raposa asquerosa. Claro, iria precisar colocar uma bela quantia na mão dele, mas valeria a pena.

II

No horário combinado, o general Dmitri batia na porta da suíte de Lara; ela abriu depois de alguns minutos, para causar um suspense, deixar o general inseguro e mostrar para ele quem comandava o jogo (antes, vestiu um lindo vestido e um sapato finíssimo, de salto alto: não era sua intenção seduzir o general, apenas queria se impor perante ele).

– Boa tarde, general: é um prazer imenso

revê-lo com tão bom aspecto: está muito conservado para sua idade!

O comentário sarcástico de Lara em relação à idade avançada de Dmitri foi uma jogada de mestre para tentar colocá-lo em seu lugar e estabelecer explicitamente a natureza comercial do encontro, evitando maiores investidas.

O general se aproximou, deu dois beijos leves na face de Lara, a abraçou um pouco mais forte; sua mão escorregou e desceu até a bunda da moça que, gentilmente, mas com firmeza, se livrou do abraço e disse:

— Por favor, general, nosso almoço se restringe estritamente a negócios; acho melhor o senhor conter seus impulsos (Lara rangeu os dentes de raiva, pelo atrevimento do general, e lembrou-se do último homem que havia tentado fazer a mesma coisa contra sua vontade: ela tinha quebrado-lhe o braço — e teve vontade de fazer o mesmo com o general, mas se conteve, precisava muito dele ainda)!

— Certo, querida, você me deixa louco!

— O que o senhor bebe, general?

— Uma vodca pura, por favor.

— Duas, então: uma para mim, também!

Lara foi até o freezer e retirou uma garrafa de vodca especial, coberta por uma densa camada de gelo que revestia toda a garrafa. Pegou dois copos pequenos e os encheu; o líquido estava espesso de tão gelado. Voltou até Dmitri, deu um copo para ele e brindaram:

– **на здоровье!**[16]

Os dois viraram o copo num só gole. Lara perguntou:

– Mais uma dose, general?

– Sim, por favor!

Ela pegou a garrafa e encheu novamente o copo do general, que perguntou:

– Não vai beber mais, minha querida?

– Não, obrigado: uma é o suficiente.

Um mordomo elegantemente trajado veio até a sala da suíte presidencial e anunciou que o almoço havia sido servido na sala de jantar ao lado (ele havia sido instruído por Lara para interromper logo depois do drink inicial, para esfriar a cabeça do general; ela sabia que ele seria insistente e inconveniente com suas cantadas decadentes).

– Vamos, general, não quero deixar nosso almoço esfriar; depois tratamos de nossos negócios.

O mordomo se aproximou da mesa e serviu um vinho branco francês requintado; o general

---

[16] Brinde russo, não muito comum, utilizado normalmente só em lugares refinados e por pessoas requintadas e educadas; a tradução é "Saúde!".

não fez comentários e não demonstrou surpresa, mas, por dentro, ficou pensado "Ela é poderosa, tem dinheiro e não tem pudor em gastá-lo".

Cardápio do almoço: frutos do mar. Entrada: ostras do Báltico, *carpaccio* de salmão defumado e caviar do mar Cáspio. Prato principal: salmão fresco grelhado, arenque defumado, cascata de coquetel de camarão e lagosta ao molho de alecrim.

Na sobremesa é que Lara demonstrou toda sua ousadia; aproveitou para se impor um pouco mais perante o general. Como estavam na época da páscoa, ela mandou preparar uma *Paskha* – uma sobremesa tradicional da páscoa russa[17].

O general, um ateu convicto, que nunca antes em sua vida ousara sonhar em celebrar uma páscoa, ficou surpreso com a atitude de Lara; isso o deixou inseguro, pois teve a consciência que a moça tinha o controle absoluto da situação. Após o almoço, Lara serviu conhaque e, em seguida, café forte e puro. Sentaram-se, então, na sala para tratar de negócios e ela já foi falando sem rodeios:

– General, preciso que o senhor me auxilie na contratação de cinco oficiais mercenários.

---

[17] Paskha: sua preparação leva queijo fresco, creme de leite fresco, manteiga, açúcar, passas, frutas cristalizadas, nozes e amêndoas. A *paskha* é feita num tabuleiro de madeira com formato de uma pirâmide; na sua decoração, com frutas cristalizadas, escrevem-se as letras X e R (Renascimento de Cristo).

Preciso fazer contato com eles. Necessito que cuide de toda a logística, para que seja possível um contato pessoal com eles, seja onde for que estiverem, mesmo que estejam nos mais remotos campos de batalha do planeta. Evidentemente, posso pagar muito bem por toda essa sua "ajuda".

– Conheço e tenho contato com praticamente todos os guerreiros mercenários que alugam seus atributos por uma bela quantia de dinheiro. Sabe que são caros e valiosos. Você tem cacife para isso? Tenho a impressão que está querendo formar um pequeno exército.

– Sim, estamos preparados; dinheiro não é problema para nós, queremos o melhor que esteja disponível e por uma longa temporada, trabalho de longo prazo.

Um ano de treinamento e preparação e dois a três anos de atividades em vários pontos do planeta. Vou precisar de muita gente, mas agora de imediato necessito desses cinco homens; depois, eles recrutarão guerreiros de sua própria confiança e conhecimento.

Ela mostrou uma pequena lista com os nomes dos cinco homens que pretendia recrutar.

– Realmente, você quer o que há de melhor no mercado – exclamou o general, admirado com a lista. Sentiu que Lara realmente entendia de guerra e guerrilhas, pois queria os melhores comandantes mercenários, a nata da arte de guerra, guerreiros de primeira grandeza, homens bons de caráter firme, *experts* no ofício de guerra; mas eram daqueles que não lutavam apenas pelo dinheiro, sempre por uma causa justa.

Aventureiros, mas honestos e fiéis e que colocavam sua vida e suas armas a serviço sempre do lado dos oprimidos e injustiçados, contra ditadores cruéis e sanguinários; mas, claro, gostavam do dinheiro também. Na lista, havia três coronéis: Hugo O'Neill (irlandês), Temujin Khan (mongol) e Mikhael Spyro Dimitriou (grego); além do general turco Tarek Iman Salih Abdullah e do tenente Abraham Amos Yoav, israelense.

– Quem indicou esses nomes a você?

– Isso é segredo, não posso revelar.

– Preciso de alguns dias para localizar esses homens e preparar toda a logística para você se encontrar com eles. Possivelmente, estarão em locais de extremo perigo e de difícil acesso. Vou preparar um plano para levar e proteger você de todos os perigos. Isso vai custar muito caro, uma pequena fortuna, está disposta a pagar o preço?

– Sim. Aguarde um momento que vou

mostrar minha "disposição".

Lara saiu da sala, foi até o cofre de sua suíte, retirou dele uma maleta de aço e a trouxe ao general, que a abriu e ficou encantado com seu conteúdo.

– Um milhão de dólares general, apenas o primeiro adiantamento, para demonstrar minha disposição de gastar uma bela quantia nessas operações que vamos iniciar em breve. De onde veio esse tem muito mais!

– Estou impressionado, minha querida. Tenha certeza que vai ter o melhor exército do planeta aos seus pés; suas ordens serão cumpridas onde e quando desejar; com esses homens, vai ter o melhor que o dinheiro pode comprar – lógico, homens de luta e de guerra.

– Assim espero, general!

Quando posso esperar notícias, Dmitri?

– Dê-me duas semanas, querida.

– É muito tempo!

– Não é, não: você quer recrutar a nata; não é fácil fazer contato com eles. Além do mais, vou ter que preparar um grande esquema de transporte seguro para você chegar até eles, pois, com certeza, você vai precisar passar por alguns infernos; assim, precisarei disponibilizar avião, carros blindados, muito armamento e munição, além de mandar com você soldados bravos e de minha extrema confiança para protegê-la.

– Pouca gente, general; só o estritamente necessário: preciso de discrição absoluta, minha missão é secreta e não devo chamar atenção das autoridades locais.

– Claro, mas você precisa de um mínimo de pessoal qualificado e preparado; gente da pesada e bem armada. Inicialmente, penso numa brigada de cinquenta homens, entre eles um capitão, dois tenentes e uns três sargentos, todos com muita experiência de guerrilha urbana, guerreiros devastadores, com grande poder de decisão numa zona de combate, e que dariam a vida pela sua segurança; pode deixar, sei onde consegui-los.

– Conto com isso, general. Por isso, o procurei e estou pagando tão bem pelos seus serviços. Tenho certeza que você é o melhor e mais confiável senhor da guerra, por isso, o procurei!

– Rá, rá, rá – riu o general, extremamente lisonjeado pelo adjetivo usado por Lara: "senhor da guerra" definia bem seu perfil na comunidade internacional de guerreiros mercenários; era um poderoso chefão da máfia russa e gostava disso.

– Minha querida, aproveite bem esses

quinze dias; relaxe e visite nossa Rússia; essa primavera está realmente magnífica: há muito não temos uma igual.

    - Vou fazer isso, general. Estou com saudade de minha terra e desse meu povo maravilhoso e alegre; vou para o interior, minha família tem uma casa de campo na região de São Petersburgo[18], estou sentido falta do rio Neva, do Mar Báltico e de toda a beleza do norte da Rússia.

    - Pode ser que eu vá também até a Finlândia, continuou Lara, para ver um pouco de gelo e neve, sonho com essas terras com frequência e vou aproveitar meu tempo para rever tudo; São Petersburgo é a cidade da minha vida.

    O general Dmitri se despediu e se foi, feliz com sua nova maleta e um milhão de dólares mais rico. Lara, no outro dia, viajou para São Petersburgo e passou a Páscoa na zona rural da cidade, na casa de sua família.

---

[18] São Petersburgo (Санкт-Петербург, *Sankt-Peterburg* em russo) é uma das mais importantes cidades da Rússia, localizada às margens do rio Neva, na entrada do Golfo da Finlândia, no Mar Báltico. Chamada também de Petrogrado (Петроград), Leningrado (Ленинград), Petersburgo (Петербург) ou, mais informalmente, de Piter (Питер). Tem quatro milhões e seiscentos mil habitantes e mais seis milhões de pessoas vivem nos seus arredores. Ao longo dos séculos, se tornou um dos maiores centros culturais europeus e também é um importante porto russo no Mar Báltico. Foi capital do Império Russo por mais de dois séculos, deixando de ser após a Revolução Russa de 1917.

Quinze dias depois

Marriott Royal Aurora Hotel - Suíte Presidencial Moscou

I

Lara fez seu *check-in* às dez da manhã e subiu imediatamente para sua suíte; tomou uma ducha muito quente, para relaxar, depois foi para uma banheira gigantesca e ficou por ali, pensando, por muito tempo, até que seu celular tocou e ela saiu do banho para atendê-lo. Era o general Dmitri, com notícias dos oficiais requisitados por ela.

– Gostei de sua pontualidade, general: pediu quinze dias e cumpriu sua promessa!

– Sempre cumpro, minha querida; afinal, sou ou não sou o maior senhor da guerra do planeta?

Ele riu alto depois de fazer essa alusão aos adjetivos e aos elogios feitos a ele, pela própria Lara, em sua despedida no encontro anterior.

– Em uma hora – completou ele – você vai receber um mensageiro com um arquivo digital contendo todas as informações que você precisa e com um plano detalhado de como fazer contato com os cinco homens que pediu. Junto, enviei uma senha que irá identificar você como uma pessoa enviada por mim; eles conhecem a senha e receberão você como uma pessoa de minha confiança.

– Como eu previa – prosseguiu o general – alguns deles estão em locais de grande conflito, de difícil acesso e em zonas de perigo extremo; mas preparei tudo para que você fique o máximo possível segura: não tenho planos de perder minha musa!

– General, por favor: sem galanteios!

– Não tenho como evitá-los! Junto, mandei os custos de sua empreitada: assim que você disponibilizar o dinheiro em minha conta nas Bahamas, podemos dar início ao nosso trabalho. Como disse: sua operação irá custar uma pequena fortuna.

– Fique tranquilo, general, dinheiro não é problema para nós; queremos ter acesso ao melhor serviço de força de guerra disponível no mercado internacional e sei que o senhor pode nos oferecer a qualidade, a precisão, a rapidez e a segurança que precisamos.

– Tenha absoluta certeza disso, querida. Avise assim que meu dinheiro estiver disponível.

– Vou cuidar de tudo assim que receber seu arquivo. Tenha um bom dia, general.

– Obrigado: para você também, querida!

II

Como fora prometido, uma hora depois chegou o emissário do general Dmitri; Lara recebeu o arquivo num dispositivo digital e imediatamente pegou um computador para olhar os planos para sua missão de recrutamento.

Primeiro, Lara verificou onde se encontravam os homens que ela precisava: o tenente israelense Yoav residia num kibutz[19] não muito longe da faixa de Gaza; poderia estar metido em conflitos com os palestinos, talvez trabalhasse para o governo de Israel, seria fácil contatá-lo. O coronel Dimitrio, aparentemente tinha se aposentado e vivia em uma pequena ilha grega, também de fácil acesso – iria deixar esse dois homens por último.

Os coronéis Khan (mongol) e O'Neill (irlandês) seriam uma missão difícil e extremamente perigosa: estavam lutando em conflitos no Sudão. Mas Lara iria chegar até eles a qualquer custo.

O general Abdullah (turco) combatia os

---

[19] Um **kibutz** (hebraico: קובּיץ; plural: **kibutzim**: מיצוביק, "reunião" ou "juntos") é uma forma de coletividade comunitária israelita. Apesar de existirem empresas comunais (ou cooperativas) noutros países, em nenhum outro as comunidades coletivas voluntárias desempenharam papel tão importante como o dos kibutzim em Israel, onde tiveram função essencial na criação do Estado judeu. Combinando o socialismo e o sionismo no sionismo trabalhista, os kibutzim são uma experiência única israelita e parte de um dos maiores movimentos comunais seculares na história. Os kibutzim foram fundados numa altura em que a lavoura individual não era prática. Forçados pela necessidade de vida comunal e inspirados por ideologia socialista, os membros do kibutz desenvolveram modo de vida em comunidade que atraiu interesse de todo o mundo.
Origem: Wikipédia, a enciclopédia livre.

piratas da Somália, corria atrás das gordas recompensas pagas pelos grandes armadores mundiais para libertar seus navios e cargas sequestradas por esses corsários. O general parecia que lutava por dinheiro grosso; seu soldo seria astronômico, mas ela pagaria o preço, fosse ele qual fosse: era um comandante imprescindível para a missão determinada pela Senhora da Luz.

Lara decidiu começar pelo Sudão; seria o trabalho mais arriscado e resolveu encarar logo de início a pior parte de sua missão.

Surpresa ela ficou mesmo foi com o total da conta apresentada por Dmitri: vinte milhões de dólares. Muito alta; pensou durante um bom tempo, mas resolveu pagar o que a velha raposa queria. Não tinha opções, necessitava de serviços muito especiais e de rapidez e segurança na sua missão de recrutamento; não tinha alternativa. Inúmeros negócios iriam ser fechados no futuro com o general; precisava dele. O importante era que o serviço fosse de primeira classe, a grande missão ordenada pela Senhora da Luz merecia um tratamento de primeira grandeza; afinal, era a vida de milhões de humanos que estaria em risco num futuro breve: isso não tinha preço.

Lara ligou para o banqueiro Li, seu

patrão, e mandou um fax (forma de comunicação ultrapassada, mas mais segura que um e-mail) do plano de Dmitri e do seu orçamento astronômico; Li aprovou e, no dia seguinte, disponibilizou o montante exigido pelo general Dmitri na conta indicada por ele nas Bahamas.

Dois dias depois, Lara foi levada em um jatinho de Dmitri para uma base secreta que ele tinha na Sibéria e de lá ela fez o seu primeiro contato com o esquadrão que faria sua segurança durante todo o trabalho de recrutamento.

III

O comando militar da missão era do capitão Demyan Alexei e de dois subcomandantes, tenentes Boleslav Maks e Vitali Stanimir, mais quatro chefes de grupos, os sargentos Gleb Yuriv, Miroslav Vladislav, Igor Luka e Prokopy Miloslav. Cada grupo tinha dez soldados, um total de quarenta e sete homens ou, melhor, gigantes, todos com mais de dois metros de estatura e dotados de uma fantástica massa muscular: guerreiros extraordinários.

O capitão Alexei apresentou o esquadrão à Lara, dizendo-lhe:

– Estamos prontos e às suas ordens; todo armamento (e munições) está carregado no avião de transporte, bem como os blindados, blindados lança-chamas, caminhões de suprimentos e helicópteros. Podemos partir quando desejar: é só ordenar.

    – Vamos lá, capitão, não podemos perder tempo: embarque seus homens!

Cidade de Cartum

República do Sudão - África

I

Três da manhã. Um jato gigante de transporte de tropas e armamento russo se aproxima do Aeroporto Internacional de Cartum e pede à torre de controle de voo permissão para descer. Sem maiores problemas e questionamento, a torre autoriza a aterrissagem, mesmo se tratando de um avião militar de outro país; afinal, a Rússia, mesmo depois da decadência da poderosa União Soviética, continuava a apoiar o governo do Sudão[20], aliado russo por muitas décadas. Assim, aviões russos chegando ou saindo era uma situação normal; ainda mais que Dmitri havia subornado generosamente todo o controle de voo de plantão naquela noite da chegada de seu avião.

O capitão Alexei comandou o desembarque de seu grupo, dos veículos e helicópteros e de toda farta carga de armas, munições,

---

[20] O Sudão é uma república autoritária onde todo o poder está nas mãos do presidente Omar Hassan Ahmad al-Bashir, no poder desde o golpe militar de 30 de junho de 1989. Desde 2003, a região de Darfur assiste ao extermínio da população negra, por parte da árabe; este é conhecido como o Conflito de Darfur. Em 4 de março de 2009, o Tribunal Penal Internacional emitiu mandado de prisão e captura de Omar al-Bashir. Foi o primeiro chefe de estado em exercício a ser alvo de um mandado internacional de captura.
(Wikipédia, a enciclopédia livre).

suprimentos, gasolina e até água.

Eles trouxeram tudo que iriam precisar para sobreviver alguns dias naquela terra inóspita e rude; não pretendiam depender de nenhum suprimento local, tinham autonomia total para ir e vir para onde desejassem: o gigantesco avião estava completamente lotado.

Enquanto o capitão cuidava do desembarque, Lara aproveitou para dormir mais um pouco: sabia que os próximos dias seriam difíceis.

Às seis da manhã, chegaram alguns guias sudaneses que integraram o grupo de Alexei; eles teriam a função de conduzir o comboio pelas rotas mais seguras e discretas, bem como ajudar no contato com a população, para poderem primeiro encontrar o coronel Khan, que lutava nos ricos campos petrolíferos, localizados próximo às fronteiras com o Sudão do Sul, na região de Abyei, mais precisamente na cidade de Heglig, responsável pela metade de toda a produção sudanesa de petróleo.

Khan havia sido recrutado, por grande petrolíferas, para proteger suas concessões de exploração de petróleo, concedidas recentemente, pelo governo do Sudão do Sul[21].

Ele lutava contra o governo autoritário do Sudão. Depois, iriam procurar o coronel Hugo O'Neill, que também lutava contra Omar Hassan Ahmad al-Bashir, mas um pouco mais ao norte, na região de Darfur.

II

Chegaram a Heglig às três da tarde; montaram um acampamento numa colina, com vista privilegiada de toda cidade – a visão não era nada animadora: um intenso combate estava acontecendo na cidade. O clarão das explosões era visto o tempo todo, mostrando que a cidade se encontrava debaixo de um intenso e feroz bombardeio, balas perdidas

---

[21] O acordo de paz de Naivasha pôs fim a mais longa guerra civil da história do continente africano – a Segunda Guerra Civil Sudanesa (1983-2005) –, durante a qual dois milhões de pessoas morreram e quatro milhões foram deslocadas. Porém, seis anos depois, o clima de medo e insegurança permanecia, em razão de conflitos étnicos e da ação de milícias. Como se não bastasse, o Sudão do Sul enfrenta a maior epidemia de leishmaniose em oito anos, 75% da população não têm acesso a serviços básicos de saúde e há enormes dificuldades para se obter água e alimentos. Quase não há eletricidade disponível, exceto para 5% da população.
O fornecimento de água é administrado por empresas privadas, por meio de caminhões-tanque que percorrem a cidade enchendo reservatórios particulares. A água tratada atinge 55% da população e a rede de esgotos 20%. No Sudão do Sul, encontram-se 75% das reservas de petróleo do antigo Sudão, localizadas, sobretudo, na região de Abyei, que correspondem a 98% da receita do novo país. No norte também se encontram os oleodutos responsáveis pelo transporte do petróleo até o Mar Vermelho. Há pouco tempo, o Sudão do Sul se separou do antigo Sudão, mas as lutas pela posse dos campos petrolíferos continuam.

cortavam o ar sem parar e chegavam até a encosta da colina. Por isso, resolveram invadir logo a cidade. Heglig[22] é uma cidade pequena e já estava em ruínas; após um período prolongado de guerras e mais guerras, toda população civil havia abandonado a cidade e se deslocado para campos de refugiados no Sudão do Sul. Então, na cidade, agora só havia as milícias financiadas pelo governo do Sudão e os mercenários recrutados pelas petrolíferas, que lutavam quarteirão por quarteirão: era uma grande carnificina.

Os caminhões de suprimentos foram camuflados no meio da floresta e deixados para trás. A coluna de blindados desceu em direção à cidade de Heglig em busca do coronel Khan e foram escoltados pelo ar por dois helicópteros blindados de ataque que dispunham de disparadores de mísseis "ar-terra".

Inicialmente, nos arredores da cidade, não encontraram resistência: a zona crítica de combate era nas ruas centrais. O barulho das explosões era ensurdecedor; bem como a quantidade

---

22 Cavaleiros árabes-muçulmanos radicais, armados pelo governo sudanês, invadem pequenas cidades e vilarejos do interior do Sudão. Mulheres são estupradas em suas cabanas. Homens são mortos a tiros durante a fuga para o mato. As crianças são "ensacadas" e colocadas na traseira dos cavalos dos atacantes, enquanto o gado roubado é arrebanhado para longe para ser vendido. É uma cena que se tornou muito familiar para aqueles que acompanharam a crise no Sudão ocidental, na região de Darfur, ao longo de anos. Mas o cenário não é em Darfur e sim em qualquer uma das centenas de aldeias no sul do Sudão em 1980. Ou 1992 ou 1997 ou 2003 ou 2010 ou, possivelmente, até mesmo nesse momento. A escravidão humana continua a existir em larguíssima escala no Sudão.

de balas perdidas que voavam em todas as direções era muito grande. Por isso, todos os homens do capitão Alexei permaneceram protegidos dentro dos blindados e seguiram em direção à linha de frente de combate.

O comboio seguia devagar, com bastante cuidado, todos atentos aos franco-atiradores com lança-mísseis de mão; eles poderiam se assustar e disparar alguns desses mísseis, danificando ou destruindo algum dos blindados: todo cuidado era pouco.

Vinte minutos depois, já estavam no campo de batalha e o fogo era intenso; várias balas de fuzil atingiam sem sucesso os blindados, mas nada de sério e nenhum míssil até então havia sido disparado. Chegaram à praça central, onde o combate era evidentemente mais acirrado e violento. Seria por ali que deveria estar o coronel Khan – isso se ele ainda estivesse vivo, porque a mortandade naquela praça de guerra era imensa e o pior poderia ter acontecido. Lara, contudo, contava e esperava pelo milagre de ainda poder alcançar Khan vivo.

– Acho que vamos precisar intervir em favor dos mercenários de Khan, falou o capitão Alexei à Lara – e colocar esse bando de ratos de milicianos de Omar Al-Bashir para correr.

— Sim, capitão: vamos dar uma "mãozinha" para Khan e seus homens.

III

O capitão pegou seu comunicador por rádio e ordenou que sua brigada se preparasse para desembarcar. Determinou que os blindados formassem uma linha, separados por mais ou menos trinta metros um do outro. Ordenou aos homens que pegassem as metralhadoras pesadas, que eram municiadas por longas cintas de balas de grosso calibre, tinham longo alcance, provocariam grande estrago, facilmente perfurando paredes de tijolos e concreto, e arrasavam tudo que encontravam pela frente. São armas que pesavam bastante, mas os homens de Alexei eram muito fortes, verdadeiros gigantes.

Esses homens treinavam sistematicamente com esses artefatos de guerra e podiam combater por horas e horas a fio; eram especialmente preparados para isso. As cintas de balas ficavam acondicionadas em uma mochila, que eles levavam nas costas e em duas bolsas laterais, atadas em seus cintos; nos blindados, havia munição extra para essas armas em grande quantidade.

Alexei ordenou também que algumas

duplas de guerreiros levassem lança-mísseis portáteis, um municiava o dispositivo de disparo, enquanto outro mirava o alvo e disparava; dessa forma, poderiam ir desmantelando cada uma das construções que ainda serviam de abrigo para os milicianos. Instruiu, ainda, que os blindados lança-chamas deviam seguir ao lado dos homens, para dar-lhes proteção contra as balas e para varrer com um fogo devastador todos os buracos onde os "ratos" se encontravam entocados.

Os lança-mísseis derrubavam as paredes, os soldados, com as metralhadoras, varriam os redutos de milicianos, com rajadas fulminantes, e os blindados lança-chamas faziam o trabalho de rescaldo.

Os outros blindados convencionais seguiram juntos, disparando incessantemente suas metralhadoras de grosso calibre, enquanto que seus canhões leves iam destruindo a retaguarda do inimigo. Dessa maneira, as ordens do capitão foram executadas.

Da mesma forma, os dois helicópteros disparavam mísseis ar-terra contras as fortificações mais resistentes, reduzindo-as a montes de escombros fumegantes. Junto com os mísseis, faziam voos rasantes um atrás do outro, varrendo toda a área com rajadas fulminantes de suas metralhadoras de grosso calibre, que deixavam um rastro de morte e destruição por toda região que sobrevoavam.

Os milicianos foram pegos de surpresa, não esperavam a chegada de uma brigada blindada e com helicópteros as escoltando naquela altura dos acontecimentos; o fator surpresa, no entanto, foi determinante para uma vitória dos guerreiros de Lara.

Mas isso não evitou uma batalha sangrenta e cruel, especialmente para os milicianos.

Entre os guerreiros de Lara, as baixas foram insignificantes, apenas ferimentos leves, pois os homens de Alexei, além de dispor da cobertura dos blindados, vestiam espessos coletes à prova de bala, capacetes de fibra de carbono altamente resistentes e proteção de aço nas pernas e na virilha.

A bravura do grupo do sargento Igor Luka se destacou perante a luta heroica de seus companheiros, especialmente pelo desempenho de dois soldados, os gêmeos Rômulo e Remo[23] (italianos de nascença, mas russos naturalizados, foram criados em São Petersburgo desde os cinco anos de idade).

Gêmeos idênticos, os dois tinham o modo

---

[23] **Rômulo e Remo** são, segundo a mitologia romana, dois irmãos gêmeos, um dos quais, Rômulo, foi o fundador da cidade de Roma e seu primeiro rei. Segundo a lenda, eram filhos de Marte e de Reia Sílvia (ou *Rhea Silvia*), descendente de Eneias. A data de fundação de Roma é indicada, pela tradição, em 21 de abril de 753 a.C. (também chamado de "Natal de Roma" e dia das festas de Pales).

(Wikipédia, a enciclopédia livre).

de agir e reagir ao perigo muito semelhante, especialmente no campo de batalha. Lutavam sempre lado a lado, ombro a ombro e o efeito de suas investidas, com suas poderosas metralhadoras nas mãos, era devastador e levava pânico e caos absoluto às linhas inimigas. No ataque daquela tarde isso não foi diferente.

Rômulo e Remo seguiam sorrateiramente, atrás de um blindado lança-chamas, que vomitava longas e densas línguas de fogo, que lambiam e queimavam diversas lojas de parede de concreto e tijolos; muitos milicianos foram torrados, mas a maior parte deles havia saído de seus buracos e atirava sem parar, mas inutilmente: suas balas não conseguiam perfurar a couraça de aço reforçado dos veículos.

Inesperadamente, Rômulo e Remo, lado a lado, saíram de seu abrigo e começaram a varrer furiosamente, com rajadas de balas de grosso calibre, toda área onde os milicianos se encontravam abrigados.

Os balaços, ao atingir o peito, abriam uma brecha do diâmetro de uma bola de golfe e estraçalhavam os órgãos internos dos infelizes: eram terrivelmente mortais; normalmente, cada corpo acabava sendo atingido por dois ou três projéteis simultâneos – pelo impacto provocado pelas balas, eram arremessados para longe.

Quando atingiam um membro, braço ou uma perna, esses eram arrancados e voavam longe; os efeitos desses projéteis eram terríveis, quando não matavam instantaneamente, aleijavam e mutilavam suas vítimas.

Em pouco tempo, o calçamento da praça e das ruas em seu entorno se encontrava lavado de sangue.

Rômulo e Remo continuaram avançando e suas metralhadoras não paravam de crepitar e de disparar rajadas certeiras e fulminantes; os cadáveres de milicianos foram se espalhando por todos os lados, o cheiro de sangue, de carne dilacerada, de vísceras expostas, de miolos espalhados e de carne queimada pelas línguas de fogo cuspidas pelos blindados era terrível – embrulhava o estômago; mas os gêmeos eram guerreiros experimentados e não sentiam mais repugnação: continuaram firme em sua marcha de fúria e morte.

Os milicianos, em sua maioria, eram garotos, os "meninos-soldados"[24]. Agiam como se estivessem possuídos por demônios, não temiam a morte, pareciam que até a procuravam, numa tentativa desesperada de se libertarem de seus males. Consumiam drogas pesadas em quantidades assustadoras, não tinham respeito algum pela vida, eram cruéis e bárbaros, "máquinas perfeitas" para perpetrar um dos maiores genocídios de todos os tempos.

Por mais que as metralhadoras de Rômulo e Remo vomitassem fogo mortal, e que mais e mais cadáveres ou garotos mutilados estivessem espalhados por todos os lados, os meninos-soldados vinham furiosamente para cima dos gêmeos, muitas vezes brandindo meros facões, completamente inúteis contra aqueles gigantes de aço; mesmo assim, não paravam, a não ser quando mortos ou mutilados.

Era tanto sangue que jorrava dos meninos-soldados, abatidos cada vez mais próximos, que, em certo momento, os gêmeos precisaram se abrigar atrás dos blindados, que lhes davam

---

[24] Existem cerca seis mil crianças-soldados – algumas com até 11 anos de idade – na conturbada região de Darfur, no Sudão, de acordo com o representante da Unicef (a agência das Nações Unidas para a infância) no país. Algumas crianças estão ligadas a movimentos rebeldes, outras à milícia apoiada pelo governo e até algumas combatendo no exército sudanês. A agência de proteção à infância estima que cerca de 2,3 milhões de crianças tenham sido afetadas pelo conflito em Darfur, desde seu início.

cobertura, para limpar a viseira do capacete, totalmente tomada por sangue do inimigo.

Nestes recuos, aproveitavam também para pegar outras bolsas de munição e para fazerem breves pausas para tomar água e consumir barras de alimentos ricos em glicose, restabelecendo as energias perdidas.

Num desses rápidos intervalos, Rômulo virou para Remo e disse:

– Jamais combati soldados como esses, garotos apenas, mas são extremamente violentos, atacam como uma fúria que nunca vi antes em nenhum inimigo. Não tem jeito, vamos ter que liquidar a todos eles, não vão parar e nem recuar nunca!

– É verdade, só irão parar depois que estraçalharmos todos eles. Vamos lá, precisamos terminar esse trabalho.

Fizeram um sinal, o blindado avançou, eles pularam, foram novamente para frente e suas metralhadoras iniciaram novamente seu rito de morte e dilaceração.

Inesperadamente, uma boca de esgoto se abriu um pouco atrás do blindado e diversos meninos-soldados enlouquecidos saíram de lá; vieram pelas costas dos gêmeos, que continuavam a avançar contra outro grupo de milicianos entocados nas construções à frente.

Os gêmeos foram surpreendidos com o ataque pela retaguarda, não esperavam por uma reação desse tipo. Rômulo foi derrubado por uma bala que estraçalhou seu joelho esquerdo, rolou urrando de dor, mas Remo virou-se em tempo de dirigir o fogo pesado de sua arma para trás, acertando alguns meninos-soldados praticamente à queima-roupa, quando eles já quase atingiam seu pescoço a golpe de facão.

Quatro deles estavam bem próximos a Remo; o impacto das balas arremeteu seus corpos para longe, mas o sangue deles lambuzou a face e todo o corpo de Remo. Um dos meninos-soldados foi atingido por uma bala no pescoço, teve sua cabeça arrancada: o seu corpo, já sem vida, rodopiou em volta de Remo, enquanto o sangue das jugulares dilaceradas espirrava longe. Remo sentiu o sangue do garoto entrando pelas suas narinas, e até por sua boca, mas ele não parou, pois tinham muitos outros soldados-meninos correndo em sua direção. Ele apenas limpou seus olhos e continuou com seu fogo cerrado contra eles. Dirigiu-se para o lado de Rômulo, que continuava caído, com seu joelho estraçalhado e já aplicava uma injeção de morfina na perna para acabar com a dor alucinante que sentia, mas estava indefeso. Remo precisava cuidar dele, para que não fosse barbaramente massacrado pelos milicianos.

Ao mesmo tempo que atirava, Remo berrava pelo comunicador instalado em seu ombro esquerdo, pedindo por cobertura a seus companheiros, mas todos estavam ocupados, atacando ou sendo atacados por outros grupos de milicianos.

Lara, que até então, se mantinha fora dos combates, ouviu o pedido de apoio de Remo, agarrou um fuzil e correu para área na qual se encontravam Rômulo e Remo. Ela era uma guerreira espetacular, chegou fazendo muito barulho, veio pelas costas do grupo que havia saído do bueiro e os surpreendeu num fogo cruzado.

A ação de Lara foi determinante e providencial e salvou a vida dos gêmeos; em poucos minutos, ela e Remo liquidaram a todos.

Poucos tempo depois, os combates cessaram e os remanescentes das milícias bateram em retirada, com os rabos entre as pernas. Levaria muito tempo até que seus comandantes pudessem reagrupar aqueles homens.

O capitão Alexei reuniu seu grupo, foram poucas baixas, nenhuma fatal, apenas poucos homens com ferimentos leves, o mais grave foi Rômulo.

Os mercenários comandados pelo coronel Khan foram saindo de seus abrigos e vieram ao encontro dos guerreiros de Lara; na frente deles vinha Khan, estava ferido no ombro, por um golpe de facão – o corte era profundo, mas não muito sério. Ele foi tratado pelos paramédicos da brigada de Lara.

Lara se apresentou e forneceu a Khan a senha dada a ela pelo general Dmitri, se identificou e disse que desejava recrutá-lo, se afastou com ele do grupo para dar detalhes da missão.

Khan se interessou muito pela natureza especial da missão e eles combinaram de se encontrar dentro de um mês, numa casa que Lara havia comprado em Genebra, na Suíça, às margens do Pequeno Lago[25], onde ela iria centralizar todo trabalho de recrutamento dos guerreiros que formariam, no futuro, a Immortal Brigade.

Ela comentou que queria recrutar também o coronel O'Neill e Khan se ofereceu:

– Pode deixar que eu encontro O'Neill e o convenço a ir comigo para Genebra falar com você; fique tranquila: somos amigos há muito tempo, lutamos juntos em inúmeras guerras; foram batalhas

---

[25] Ou Lago de Genebra, como também é conhecido.

e mais batalhas nos mais diversos lugares do planeta. Ele irá comigo, não tenha dúvida disso: garanto a você o recrutamento dele.

– Ótimo, vai facilitar minha vida. Posso ir direto procurar o general Abdullah na Somália. Faça isso, Khan: procure, assim que possível, O'Neill e o leve com você a Genebra; espero por vocês em um mês, como combinamos.

Um aperto de mão selou o acordo deles e Lara se encaminhou para o grupo do capitão Alexei, dando ordem de partida. Eles voltaram a Cartum, para pegar o avião e seguir para a Somália.

IV

No outro dia pela manhã, no Aeroporto Internacional de Cartum, o transporte militar abastecido aguardava por Lara e sua brigada. Ao lado dele, estava um jato menor, também pronto e à espera dos feridos para levá-los de volta à Rússia.

Em duas horas, todos os veículos, os armamentos e os homens haviam sido embarcados; as duas aeronaves decolaram em rumos diferentes, Moscou e Mogadíscio (capital da Somália[26]).

---

[26]**Somália** (oficialmente **República da Somália** e anteriormente conhecida como **República Democrática da Somália**, é um país localizado na África. Faz fronteira com o Djibuti no noroeste, Quênia no sudoeste, o Golfo de Aden com o Iêmen a norte, o Oceano Índico a leste e com a Etiópia no oeste. A Somália é conhecida por ser um dos países mais corruptos do mundo, apenas perdendo para Afeganistão, Mianmar, Sudão e Iraque. Desde o início da guerra civil, nos anos 1990, somalis têm praticado a pirataria, sequestrando navios e petroleiros e suas tripulações em alto mar, em troca de resgate, tornando a região uma ameaça à navegação internacional.

(Wikipédia, a enciclopédia livre),

Cidade de Mogadíscio

Somália

I

Mais uma vez, o avião de transporte de tropas e veículos de guerra aterrissou, com autorização do controle de voo do Aeroporto Internacional Aden Adde, na cidade de Mogadíscio[27]. Claro, a mão de muita gente foi "molhada" pelo general Dmitri e nada foi questionado e nem tampouco a aeronave de guerra foi inspecionada.

Depois de recolhido em um hangar abandonado de uma companhia aérea falida, o avião foi esquecido e tratado como se não existisse; afinal, ali era um país onde o domínio era exercido pelos "Senhores da Guerra", comandantes de poderosas milícias paramilitares.

Uma hora depois, os veículos e as tropas já haviam sido desembarcados e Lara esperava ansiosamente pela chegada de dois agentes do general Dmitri encarregados de localizar o general Abdullah. Lara, aflita, não via o tempo passar e caminhava de um lado para outro, muito nervosa.

Finalmente, os dois agentes africanos

---

[27] Dominada por anos pelos senhores da guerra, a cidade passou a ser controlada em 2006 pelas milícias islâmicas coordenadas pelo Conselho Supremo das Cortes Islâmicas. No fim do mesmo ano, foi conquistada pelo governo de transição somali, com ajuda do exército etíope (Wikipédia, a enciclopédia livre).

chegaram, Mudiwa Tau e Kobina Tendai, e saudaram Lara:

– Boa tarde, comandante!

– Boa tarde, senhores. Já não era sem tempo: estou à espera de vocês a horas!

Mudiwa se justificou perante Lara:

– Sinto muito, não foi fácil conseguir informações sobre o paradeiro do general Abdullah; conseguimos, mas as notícias não são animadoras...

– Por favor, sem rodeios, vamos direto aos fatos: tudo o que não temos é tempo!

– O general Abdullah foi aprisionado quando estava numa missão para a recuperação de um superpetroleiro roubado por piratas; ele trabalhava para os armadores proprietários do navio e tentou fazer uma abordagem para retomar a posse da embarcação, utilizando, para isso, um grupo de mercenários. Eles, no entanto, foram delatados por um desses soldados, que recebeu dinheiro do chefe dos piratas – um dos mais poderosos senhores da guerra aqui na Somália. Quando Abdullah e seus homens invadiram o petroleiro, uma grande quantidade de milicianos esperava por eles. Os homens do general foram todos mortos e o general foi mantido vivo. O chefe dos piratas o aprisionou, pois espera receber um belo resgate por ele e pelo petroleiro, que deverá ser pago pelos proprietários do navio. Por esse único motivo, ele é mantido vivo.

– Tem informações de onde o general Abdullah está sendo mantido prisioneiro?

– Sim, sabemos onde ele está. E mais: um de nossos homens, infiltrado nessa milícia, fez chegar até o general um microdispositivo de rastreamento por satélite, que está escondido na roupa dele. Em nosso carro, dispomos de uma maleta com um equipamento que pode rastrear esse dispositivo e mostrar exatamente onde o general se encontra.

– Ótimo, bom trabalho: se anteciparam magnificamente às nossas necessidades. Podem dar detalhes do local onde o general se encontra aprisionado?

Foi a vez de Kobina falar:

– Sim, eu estive infiltrado nessa milícia durante meses e conheço o QG deles como a palma de minha mão; conheço todas as linhas de defesa e os pontos fracos da fortificação. É um antigo forte inglês abandonado, que eles reconstruíram e modernizaram; está bem armado e defendido, mas conheço um túnel que pode nos levar para o interior da fortaleza em segurança e sem sermos percebidos.

– Faça uma planta rápida do velho forte junto com o capitão Alexei e seus homens, por favor!

Os homens se afastaram e Lara continuou com Mudiwa, discutindo detalhes das formas possíveis que dispunham para chegar até o general Abdullah e libertá-lo das mãos dos sanguinários piratas.

II

Ao cair da noite, o comboio de blindados do capitão Alexei partiu em direção à fortaleza pirata, que ficava a três horas de viagem do aeroporto Aden Adde, claro escoltados pelos dois helicópteros blindados. Chegaram ao entorno da fortificação, mas se mantiveram numa distância de segurança para não serem avistados.

Um dos blindados, transportando oito comandos, mais um sargento e um tenente, guiados por Kobina, deixou o comboio e contornou a fortificação, mantendo sempre distância.

O blindado se dirigiu para um pequeno rio que passava pelos fundos do forte. Lá, nas margens do rio, segundo as informações de Kobina, encontrariam uma passagem, que dava acesso ao túnel que os levaria para dentro da fortaleza, fazendo-os chegar, com facilidade, aos antigos calabouços do velho forte, onde Abdullah estaria aprisionado.

Levavam com eles o dispositivo

rastreador, que facilitaria encontrar o general – no meio de um verdadeiro labirinto de celas escuras no subsolo da fortificação.

O restante dos blindados permaneceu afastado, camuflado na vegetação; o mesmo acontecia com os helicópteros, que permaneciam em terra, cobertos por uma rede de camuflagem, todos à espera, até que eles tivessem êxito em adentrar na fortaleza. Quando isso viesse a acontecer, o comboio avançaria e faria um ataque frontal devastador contra as defesas dos piratas, para distraí-los e mantê-los muito ocupados enquanto a brigada especial invadiria o calabouço e libertaria o general. O ataque, na verdade, seria uma "cortina de fumaça" para ocultar a ação principal de libertação de Abdullah.

III

O blindado solitário chegou às margens do rio, os soldados desembarcaram, portando armas leves com silenciadores (pistolas e fuzis) e facas. Camuflaram o veículo em meio à vegetação espessa na região e dois homens permaneceram nele para guardá-lo. O resto do destacamento seguiu adiante, sendo guiado por Kobina. Todos utilizavam óculos de visão noturna, para facilitar a movimentação na escuridão. A noite era perfeita para uma missão como aquela – completa escuridão – a lua permanecia coberta por densas nuvens e isso facilitava aqueles que não deveriam ser percebidos.

Em poucos minutos, chegaram até a passagem secreta, completamente escondida no meio do mato e fechada por inúmeras rochas. O esquadrão de comando trabalhou rápido para desimpedir a entrada e, em pouco tempo, puderam entrar por um túnel baixo, estreito e longo, com mais de quinhentos metros de extensão escavados na rocha bruta, havia muita água e lodo no piso, o que o tornava escorregadio.

Algum tempo depois, chegaram ao final do túnel – que coincidia com uma galeria de esgoto. O mau cheiro era terrível, ratos por toda parte e paredes cobertas por milhares de baratas. Morcegos passavam voando, a galeria estava repleta desses animais. Era horrível e apavorante.

Os homens continuaram por mais uns cem metros pelo esgoto e chegaram numa saída que conduzia para dentro da fortificação. Lá, havia uma escada de ferro de um dois metros que levava até a tampa redonda de um bueiro; antes da tampa, uma grade de ferro reforçada e pesada protegia a passagem.

Surgiu o primeiro grande problema: a

grade estava lacrada e, por mais esforço que fizessem, os homens não conseguiam movê-la nem um milímetro.

A única solução viável seria explodi-la; eles tinham explosivo plástico, mas o barulho seria infernal. Precisavam de ajuda e o tenente falou pelo rádio com o capitão Alexei, que se encontrava ainda com sua coluna de blindados, a distância do forte:

– Capitão, temos um sério obstáculo pela frente: uma grade pesada de ferro. Vamos precisar explodi-la; vai fazer muito barulho. Precisamos de cobertura, o senhor tem que atacar a fortaleza, mandar tudo pelos ares para que possamos arrebentar a grade; depois, também teremos que nos livrar da tampa do bueiro, que também deve estar lacrada. Provavelmente, terá que ser explodida da mesma forma que a grade.

– Certo, tenente, vamos nos aproximar e atacar em alguns minutos. Coloque os explosivos na grade e, quando ouvir o barulho de nossas explosões, espere alguns minutos, para que os milicianos venham para linha de frente defender a fortaleza, aí, então, faça seu trabalho.

– Entendido capitão, desligo!

O capitão ordenou o avanço de sua coluna de blindados, os helicópteros levantaram voo e, em poucos minutos, chegam até o portão e o muro frontal do forte. Os comandos desembarcam e formaram uma linha com lança-mísseis de mão ao lado dos blindados com canhões e os blindados lança-chamas. O ataque começou: quatro mísseis foram disparados pelos helicópteros em direção do imenso portão da fortaleza e o atingiram simultaneamente: quatro grandes explosões que o estraçalharam por completo. Outros mísseis foram disparados quase ao mesmo tempo contra as torres de defesas, casamatas de canhões antitanques e ninhos de metralhadoras. As defesas dos milicianos, uma a uma, foram voando pelos ares, explosões ensurdecedoras por todos os lados, uma atrás da outra: o forte virou um campo de batalha.

Os blindados lança-chamas avançaram e longas línguas de fogo começaram a envolver as construções com labaredas intensas; dezenas de piratas foram carbonizados, outros foram estraçalhados pelos obuses dos canhões, que caiam um após o outro, arrebentando com as fortificações; o cheiro de carne humana carbonizada tomou conta do ar; o corre-corre dos piratas, tentando salvar sua pele, não parou um minuto; o ataque-surpresa provocou uma confusão geral.

A linha de frente de defesa da fortaleza,

em poucos minutos, se transformou num caos total e sua manutenção se tornou impossível. Os oficiais da defesa do antigo forte ordenaram que todos recuassem para a segunda linha de defesa que permanecia praticamente intacta.

IV

Aproveitando a confusão criada pelo ataque dos blindados, o tenente ordenou a seus homens que se afastassem da grade de ferro e detonou os explosivos, que abriram um rombo na grade e permitiram a passagem dos homens. Mais uma carga de explosivo foi colocada, desta vez na boca do bueiro, que também foi mandado pelos ares.

Lá dentro do forte, a confusão ainda dominava, ninguém se deu conta das explosões provocadas pelo esquadrão incumbido de libertar o general Abdullah.

Os comandos, guiados por Kobina, saíram das galerias de esgoto e se esgueiraram pelas paredes da fortaleza; todos cuidavam para não serem vistos e corriam em busca do local do cativeiro do general.

Em minutos, chegaram à entrada do calabouço que, apesar de toda confusão criada pelos homens do capitão Alexei, continuava a ser guardada por alguns dos piratas.

O tenente, para não fazer barulho e, com isso, alertar os guardas do prisioneiro, usou mímicas para determinar que três de seus homens fossem em frente e, com suas pistolas com silenciadores, abatessem os vigias. Rapidamente, seis vigias foram eliminados com tiros certeiros na cabeça e seus corpos foram arrastados e escondidos em algumas entradas escuras próximas aos calabouços.

Com as chaves que estavam com um dos guardas, as portas e as grades foram abertas; o tenente deixou três homens escondidos, vigiando a entrada, e foi com o restante para dentro do labirinto de celas. Kobina, com seu rastreador, ia à frente, indicando o caminho; precisaram descer dois pisos para alcançar a galeria de celas onde estaria Abdullah.

Foram descendo cuidadosamente as escadas escuras, havia muitas curvas que podiam esconder outros guardas. E o inesperado se concretizou: quando chegaram ao último piso, foram recebidos por rajadas de tiros. Havia muitos guardas à frente, eles estavam entrincheirados, bem armados e com muita munição. Atiravam sem parar, com fuzis automáticos. Um tiroteio infernal começou.

O tenente percebeu que não adiantava mais querer manter o silêncio, os milicianos atiravam sem parar, estavam enfurecidos. Eles não dispunham de muito tempo; assim, mandou seus homens utilizarem granadas de mão. Várias delas foram lançadas e algumas atingiram, em cheio, seus alvos. Um comando, com fuzil com luneta, se jogou a frente, deitado de barriga no chão, e o pontinho vermelho de sua mira a *laser* começou a encontrar a cabeça e o tronco dos piratas, que foram sendo abatidos por balaços certeiros.

Os outros homens, vendo que os inimigos procuravam se abrigar, avançaram rapidamente e seus fuzis disparavam, sem parar, rajadas fulminantes, enquanto mais e mais granadas iam sendo lançadas o tempo todo; logo, o último pirata foi destroçado por uma granada certeira e o caminho pareceu limpo.

Seguiram em frente em busca da cela do general Abdullah.

V

Lá fora, o ataque do capitão Alexei continuava firme; para detonar a segunda linha de defesa da fortaleza, lançadores de morteiros foram colocados ao lado dos blindados e um bombardeio intenso começou a ser feito, enquanto que os blindados lança-chamas continuavam a despejar suas línguas de fogo, que iam consumindo, com incêndios intermináveis, as instalações da fortaleza. Os helicópteros voavam sem parar, de um lado para outro, e despejavam um dilúvio de balas traçantes de grosso calibre que cortavam o céu escuro à procura do inimigo.

O capitão Alexei não tinha, a princípio, intenção de conquistar a fortaleza pirata; queria apenas manter as linhas de defesa totalmente ocupadas, para facilitar a ação do tenente e de seus homens na ação de resgate de Abdullah.

Finalmente, o esquadrão de libertação chegou a seu objetivo; encontraram o general Abdullah, que estava preso a uma parede, com correntes atadas em seus pulsos, pés e pescoço e desmaiado: havia sido barbaramente torturado, com hematomas espalhados por todo corpo – não devia comer havia muito tempo.

Com um grande alicate para cortar aço, livraram o general de todas as suas correntes, deitaram-no no chão, molharam seus lábios com água fresca, deram uma injeção de glicose e o colocaram numa maca portátil, que um dos homens (guerreiro e paramédico) trazia dobrada em suas costas; dois comandos transportaram o general. Todo grupo partiu rapidamente do local, indo em direção à saída do calabouço.

Em poucos minutos, alcançaram a boca de esgoto pela qual haviam entrado, desceram pela escada de ferro o general preso na maca, caminharam pela galeria até que alcançaram o túnel de saída, andavam cuidadosamente e, algum tempo depois, chegaram ao blindado escondido na floresta, embarcaram e voltaram para encontrar os blindados do capitão Alexei, que fora avisado pelo rádio do sucesso da missão de resgate do general Abdullah.

O capitão ordenou que seus homens regressassem aos blindados, que continuaram com seu bombardeio à fortaleza, enquanto os comandos iam embarcando; depois, os blindados foram se retirando e se encontraram com a unidade que retornava do resgate; com a cobertura do fogo pesado despejado incessantemente pelos helicópteros, formaram um novo comboio e seguiram em direção ao aeroporto de Aden Adde.

No hangar abandonado onde se encontrava o avião de transporte, a tripulação começou a preparar tudo para o retorno; eles reabasteceram e, quando os blindados chegaram, foram embarcados, enquanto o general Abdullah, muito debilitado, recebia tratamento feito pelos paramédicos integrantes da brigada do capitão Alexei.

Eles haviam improvisado um pequeno ambulatório para atender o ferido. Lara conversou com Mudiwa e Kobina e agradeceu-lhes pelo excelente trabalho de resgate. Depois de tudo pronto, a aeronave de transporte militar decolou de volta para a Sibéria e todos comemoraram o êxito da missão. O general Abdullah seguiu com eles, são e salvo.

VI

Quarenta e oito horas depois, Lara viajou novamente, primeiramente para Israel, onde fez contato com o tenente Yoav, que imediatamente aceitou a convocação e se colocou à inteira disposição de Lara. Em seguida, ela foi para Grécia, onde se encontrou com o coronel Dimitrio, que relutou um pouco em abandonar sua aposentadoria, mas acabou cedendo diante da insistência e da determinação de Lara – e também aceitou sua convocação.

Um mês depois, Lara, em sua casa em Genebra, dava início ao trabalho de recrutamento dos guerreiros da Immortal Brigade. Foram longos meses de recrutamento. E, depois, mais de um ano de treinamento; o empenho de Lara foi total e absoluto e duas unidades de cento e noventa e seis guerreiros, cada, foram preparadas e colocadas à disposição, à espera das determinações da Senhora da Luz.

Início das Operações Especiais

Seattle – Quarta-feira – Tempo atual

I

Os coronéis e o comandante Josh dirigiram-se aos fundos do armazém. O'Neill desejava exibir seus "brinquedinhos". Tratavam-se dos carros de combate da Immortal Brigade. Ele explicou:

– Temos sessenta e quatro motos Honda 250CC especiais. Toda a carenagem é feita com fibra de carbono, o que as torna ultrarresistentes, superleves e à prova de tiros de fuzis. Os motores e as suspensões são próprios para corrida. São imbatíveis e com elas podemos percorrer os caminhos dos parques ecológicos com facilidade.

Josh sentou-se em uma das motos, deu partida e saiu empinando-a pela área livre do armazém. Depois, se dirigiu para a porta traseira, que dava para os fundos do terreno.

Lá, fez manobras radicais.

Era, afinal de contas, aficionado pelos *Cavalos de Aço*, em especial os *off-road*. Após brincar um pouco, retornou para o lugar no qual estavam os homens e deixou a moto no local onde se encontrava anteriormente.

Veio ao encontro dos coronéis com um sorriso no rosto e comentou:

– Uma máquina maravilhosa! Com elas, certamente estaremos um passo à frente de nossos inimigos.

– Eu conto com isso! – O'Neill respondeu.

Do outro lado, O'Neill apresentou os carros de combate. Quarenta e oito jipes Wangler e vinte e oito camionetes Nissan cabine-dupla. Todos possuíam blindagem especial em fibra de carbono, o que conferia resistência e leveza. Tinham também motores preparados, suspensões esportivas e twin-turbo.

Eram mais leves e velozes que seus similares de linha de montagem. Esses veículos possuíam a força de um blindado leve do Exército, mas disfarçados em modelos convencionais de fábrica.

A seguir, O'Neill disse que mostraria o que dispunham de melhor. Chamou todos para que o acompanhassem até o mezanino. O grupo subiu ao segundo andar, que também ficava nos fundos do armazém, e seguiu por um corredor até uma porta blindada.

O'Neill colocou seu polegar num leitor de impressão digital ao lado da porta e depois colocou seu olho direito em um leitor de retina, localizado mais acima. Só assim a porta se abriu. Todos entraram e, pouco depois de passarem a porta, se depararam com uma grade de aço maciça. Parecia bem pesada e resistente.

Nela havia uma fechadura eletrônica que abria mediante uma senha – segurança máxima. Dentro de uma grande sala inteiramente blindada havia um corredor que dava para outra porta extremamente forte, feita de aço especial e que parecia ser muito espessa e pesada.

O'Neill explicou que atrás dessa segunda porta ficava o local onde as armas biológicas seriam armazenadas depois de apreendidas dos terroristas. Por ora, lá dentro não havia nada. O lado direito era composto de grandes armários, parte deles com armamentos e munição. No móvel central, havia trajes negros pendurados e, numa prateleira superior, estavam capacetes, botas e luvas. Foram até onde estavam os trajes e O'Neill explicou como eles eram produzidos:

– São roupas confeccionadas com uma manta térmica especial, recheada de plaquetas de fibra de carbono. São leves, extremamente resistentes, anatômicas e aderem perfeitamente ao corpo, funcionando como uma segunda pele. Cada peça produzida é moldada a *laser*, tendo *design* específico para cada guerreiro. Estes trajes proporcionam mobilidade perfeita: movimentos rápidos, leves e precisos, especialmente ao se pilotar motos.

– São termoprotetoras, pois mantêm a temperatura do corpo mesmo em condições adversas. Também resistem ao fogo e são à prova de balas, inclusive tiros de fuzil, apesar de não serem pesadas como os coletes à prova de balas convencionais. Quando o guerreiro estiver na água, pode inflar o traje, acionando a entrada de ar entre as plaquetas de carbono e a malha térmica. Isto permite ao guerreio boiar, o que resulta em pouco gasto de energia física, pois diminui o esforço para nadar. Esse dispositivo facilita bastante quando há muito desgaste físico, com a permanência de muitas horas na água, especialmente em temperaturas abaixo de zero.

Não sei quem descobriu essa tecnologia, de onde ela vem, mas ainda bem que somos nós que a possuímos. Os trajes são experimentais, nós iremos testá-los nos campos de batalhas reais.

O'Neill continuou sua apresentação:

– Os capacetes, de motociclistas ou os de soldados, são feitos com o mesmo material e dispõem de viseiras com tecnologia de visão noturna. Desta forma, os veículos podem ser conduzidos à noite, com os faróis apagados – para não serem percebidos pelos inimigos – e, ainda assim, os condutores poderão enxergar tudo.

Com essas roupas especiais nossas baixas devido a ferimentos graves serão mínimas e os homens dificilmente poderão ser abatidos.

– Venha, comandante, vou escanear seu corpo, para confeccionarmos suas roupas especiais.

Josh acompanhou O'Neill até um grande aparelho de escâner. Teve seu corpo mapeado e as informações foram enviadas por satélite a uma fábrica secreta em algum ponto do planeta.

II

Depois, saíram da caixa forte e foram para a sala de reunião do comando, que também ficava no mesmo mezanino. Lá, esperavam por eles os capitães e todo o pessoal de inteligência e informação, para discutirem as ações da primeira unidade dos IB.

Josh cumprimentou a todos, sendo apresentado pelo Coronel Khan como o Comandante Geral da Immortal Brigade. Na sala, um telão de alta definição, tridimensional, ostentava um mapa dos Estados Unidos. Josh assumiu o comando da apresentação e focou no mapa o Olympic National Park, localizado no estado de Washington, na península Olympic, não muito longe de Seattle.

Relembrando as informações existentes

nos arquivos do dispositivo digital que havia recebido de Li e Lara, começou a falar:

– O Olympic National Park é o local onde os ataques irão começar em pouco menos de cem dias. Portanto, será nosso ponto de partida. Os ataques nunca serão simultâneos, deverão ter um intervalo de setenta a cento e vinte dias entre eles. Sempre serei informado da data de cada um deles, não me perguntem por quem, por favor. O parque pode ser dividido em três regiões: Costa do Pacífico, Glacier e áreas de Florestas, temperada e seca, que cobrem o lado leste-oeste. A parte costeira tem praia cercada por uma faixa de floresta, com cento e dezessete quilômetros de comprimento, mas apenas alguns quilômetros de largura. Nessa área, estão localizadas as fozes de dois rios e duas comunidades indígenas. O rio Hoh e a comunidade indígena de mesmo nome, com cento e dois integrantes, e o rio Quileute, junto ao qual vivem os Quilayutes, tribo com pouco mais de dois mil índios.

Precisamos ter muita cautela em nossa atuação nessa região; são reservas indígenas e não podemos ter problemas com os nativos, muito menos com as autoridades.

Interrompendo, perguntou a O'Neill e a Khan:

– Estamos trabalhando com guerreiros de várias partes do mundo; não seria possível recrutar alguns homens ou mulheres de ascendência indígena-americana? Vocês, que lutaram ao lado de soldados de todas as nacionalidades, não podem conseguir esses homens?

O'Neill se manifestou:

– Sim, comandante. Conheço alguns guerreiros. Veja bem: lutei com um grupo de mercenários da tribo Comanche, são guerreiros ferozes e violentos, difíceis de serem controlados. São independentes, causam constantemente confusões e embaraços.

Como precisamos manter discrição em nossas operações não seria prudente utilizá-los.

– Vamos assumir o risco de ter alguns homens mais independentes, deixe-os sob meu comando direto – disse Josh. Saberei como controlá-los sem problema, não sou militar como vocês, terei um jeito diferente de lidar com subordinados. Pode deixar que cuido deles, pois serão vitais para nossos contatos com os nativos.

– Neste caso, posso contatá-los e recrutá-los. Dê-me uns poucos dias e trarei o melhor esquadrão de comanches.

– Ok, O'Neill, cuide disso. Terminado o

recrutamento, retorne imediatamente. Temos pressa.

Josh continuou a explanação com informações gerais do Olympic Park:

– No centro do parque, temos o monte Olimpo, em cujo cume e regiões laterais se encontram os glaciers[28].

A metade ocidental dessa faixa de geleiras é dominada pelo pico do Monte Olimpo, com uma altura 2.428 metros. O monte Olimpo recebe grande quantidade de neve; dessa forma, tem a maior glaciação de todos os picos não vulcânicos dos Estados Unidos, perdendo apenas para os de North Cascades. Na região do Olimpo existem várias geleiras, sendo que a maior delas é o Glacier Hoth, que possui cinco quilômetros de comprimento, com vários picos, sendo o mais alto o Deception Mount, com 2.374 metros de altura.

Fez uma pausa e continuou:

– Finalmente, as florestas do Santuário Ecológico. Aqui sim é o local mais provável do ataque dos terroristas. Nessa parte do parque vamos concentrar nossos esforços, claro também que a costa do Pacífico é importante, pois acredito que atacarão

---

28 - Massa permanente de gelo formada em locais em que a precipitação de neve e seu acúmulo anual são maiores que a quantidade de neve derretida. Para ser considerado um glacier, a massa precisa ter pelo menos 0,1km² e mais de cinquenta metros de espessura, mas frequentemente são maiores.

essas duas regiões do parque simultaneamente. Assim, daremos a mesma prioridade às florestas e à costa. Isso é apenas um palpite pessoal, pois no glacier acho pouco provável, embora devamos ficar atentos a todo o parque.

– Penso que essa rápida explanação tenha servido para dar um rumo inicial aos senhores e a seus comandados. Espero ansiosamente, com o trabalho especial de vocês, em breve poder obter outras informações complementares e fundamentais a nossa missão. Preciso ir agora. O'Neill, amanhã viaje: vá em busca dos guerreiros.

Virando-se, diz:

– Quanto a você, Khan, continue a estudar a região do parque. E quanto aos senhores – falou, dirigindo-se aos demais – tratem de conseguir informações preciosas para nós. O tempo é curto, estamos na estaca zero, mas não pretendo ficar assim por muito tempo; portanto, coloquem as mãos na massa. Boa tarde.

Josh saiu da sala de comando, desceu do mezanino, pegou seu carro e voltou para casa.

Caçando terroristas

I

Josh saiu cansado do armazém e decidiu relaxar um pouco antes de voltar para a casa. O entardecer estava maravilhoso e o céu esplêndido: azul escuro riscado de vermelho incandescente. Parou para tomar duas ou três cervejas no Pier 66, uma área de bares, boates e restaurantes de Seattle.

Precisava espairecer para colocar os pensamentos em ordem. Foi ao Corsário, o local preferido dele e de Rae. Escolheu uma das mesas externas e ficou apreciando o entardecer. Começou a pensar nos acontecimentos dos últimos dias que haviam mudado sua vida.

Lembrou-se da visão da Senhora da Luz no lago e da pedra de cristal azul com a inscrição, que, aliás, havia traduzido, com a ajuda de um velho conhecido, um renomado professor de Harvard.

O texto traduzido era: "Boca Maldita que nunca se fecha, envia mensagens: o terceiro agente está incluído".

Olhando superficialmente, o texto não fazia sentido, mas deveria conter informações de vital importância.

Será necessário analisá-lo com calma e

paciência e decifrá-lo no tempo certo, com a ajuda de todo pessoal de inteligência da "IB"[29] e até mesmo com a contratação de serviço externo de perspicazes decifradores de enigmas.

Da mesma forma, continuava sem sentido o código binário; ele vinha logo abaixo do mapa-múndi. Deveria ser alguma informação referente a todas as nações da Terra. Não era o momento de fazer isso ainda, pois precisava se concentrar nos ataques iminentes ao Olympic Park. Haveria o tempo certo para cuidar desses enigmas.

Grandes dilemas assolavam seus pensamentos. O primeiro deles era falar ou não com Rae sobre a missão. Não queria colocá-la em risco; terroristas eram perigosos e muito traiçoeiros. Ninguém sabe quem são, de onde veem e, principalmente, onde ficam escondidos à espreita do próximo ataque.

A princípio, pensou em afastá-la dos Estados Unidos. Quem sabe mandá-la para a Europa, mais especificamente para a Costa Azul, na França, local em que possuem uma casa. Pensou também na fazenda no Brasil. Tinha muitas dúvidas. Sabia apenas

---

[29] Ele estava se acostumando com a ideia de se referir ao grupo por essa sigla, pois não levantava suspeitas sobre as suas atividades, vamos dizer "não muito convencionais" – para não pensar no pesado termo "atividades paramilitares", que seria o mais apropriado e que certamente despertaria a atenção das autoridades americanas e internacionais.

que as operações seriam demoradas, vários meses nos Estados Unidos, possivelmente cerca de um ano nos outros países. Era tempo demais e o casal nunca havia se separado assim nesses anos todos de casamento.

Não sabia como proceder e então resolveu deixar de lado esse problema. Preferiu refletir acerca do assunto mais tarde, à noite, depois que colocasse sua cabeça no travesseiro. Uma boa noite de sono e um bom travesseiro são os melhores conselheiros.

II

Enquanto contemplava o horizonte, os pensamentos de Josh viajavam. Lembrou-se de seus sonhos recorrentes com a doce garota que lhe pedia insistentemente para aceitar a missão de salvar os homens da grande peste. Onde estaria ela no momento? Quem era essa menina misteriosa? Como ela se encaixava nessa história?

Perguntas e mais perguntas. Onde estariam as respostas? Precisava muito delas! Nesse sentido, continuava na estaca zero – e dar os primeiros passos era urgente. Josh foi entrando numa espécie de transe, parecia que sua alma havia saltado de seu corpo e podia voar.

Pareceu-lhe, então, alçar grande voo em

direção às nuvens daquele entardecer maravilhoso. Lá em cima, avistou uma enorme águia que, como ele, plainava no ar.

Quando se aproximou, pode ver que a águia tinha a cabeça da garota dos seus sonhos. Na verdade, não era uma águia, mas a própria menina provida de asas! Josh percebeu algo estranho e diferente. A misteriosa pré-adolescente trazia um porquinho pequeno embaixo de seu braço esquerdo e, ao lado dela, voava uma linda arara azul com um longo rabo vermelho.

Josh, a garota e seus dois animaizinhos voaram juntos para longe. Algum tempo depois, chegaram ao cume do Monte Baker, desceram suavemente e pousaram sobre um banco de neve, ainda macia e fresca.

As asas da menina desapareceram. Ela veio até perto dele, sorrindo. Diferente dos sonhos nos quais sempre chorava, agora estava feliz. Ela continuava segurando o porquinho cor-de-rosa – que não parava de se mexer. Ele comia o tempo todo sementes de abóbora que ela trazia em seu bolso e estendia-lhe na palma da mão. Ela o apresentou como Baby Pink.

De repente, a arara azul veio voando baixo e pousou no ombro dela. Ela a apresentou como

Baby Payson. A ave, de vez em quando, descia para a cintura da garota e pegava, com seu bico longo e curvo, sementes de girassol do bolso de sua jaqueta vermelha, alimentando-se sozinha.

A menina chegou mais perto, abraçou Josh e beijou levemente a sua face. Então, disse-lhe:

– Obrigada por ter aceitado a missão!

Ele sorriu e respondeu:

– É uma grande honra ter sido o escolhido. Qual é o seu nome, minha querida?

– Linda!

– E esses simpáticos amiguinhos, quem deu esses lindos nomes para eles, foi você?

– Os dois foram os últimos presentes que recebi de minha mãe, antes da sua morte. Eles são a maior recordação que tenho dela e também meus companheiros. Meus amigos me acompanham a todos os lugares que vou. Só não os levo nas visões que tenho com a grande Senhora, pois acho que eles ficariam com medo. Mas, eu não tenho medo, gosto muito quando Ela me visita em meus sonhos e pede para que eu faça viagens por todo o planeta, para procurar pessoas e falar em nome Dela.

– Baby Pink e Baby Payson ficariam assustados demais para irem junto. Hoje, eu os trouxe para conhecerem você. Eles gostaram muito da viagem, ficaram tranquilos e estão comendo calmamente. Gostaram de você, não estão assustados, estão felizes em vê-lo.

– Os nomes deles, na realidade, não foram dados por mim, foram duas amiguinhas que conheci nas últimas férias de verão que passei com mamãe em nossa casa de praia de Marblehead, em Massachusetts. É onde elas moram. São gêmeas. Mamãe gostava muito delas também. Há muito tempo que não volto para vê-las. Depois que mamãe se foi, não fomos mais a Marblehead. Tenho saudades de minhas amiguinhas, da cidade, de suas lindas praias...

Josh voltou a falar:

– Quem é você? Porque aparece em meus sonhos?

Josh tentou fazer diversas perguntas, mas Linda colocou a mão em seus lábios e falou:

– Apareço nos seus sonhos quando a Senhora da Luz pede para levar-lhe novas informações. Não tenho novas mensagens da Senhora hoje. Estou apenas passeando. Pedi à Senhora essa viagem especial, porque queria falar com você. Estava com saudades e desejava apresentar meus amiguinhos. Espero que tenha gostado deles, eles o amaram.

– Sim gostei dos seus *babies*, são amáveis

e tranquilos. Também amei sua visita, acho que podemos aproveitar e brincar um pouco. Estamos numa espécie de sonho, não é?

– Sim, claro.

– Se é sonho, então podemos fazer qualquer coisa?

– Sim, é isso mesmo. Respondeu Linda sorrindo.

Josh chamou a atenção dela para o local.

– Veja, aqui é o pico da montanha, as encostas estão cobertas de neve fresquinha, deve ter nevado forte nessa madrugada.

Vamos imaginar um trenó de competição para descida de montanha, daqueles com dois lugares; consegue fazer isso?

– Isso é muito fácil!

Linda mal acabara de falar e um trenó se materializou na frente deles. Ela perguntou:

– É assim que você o imaginava?

Josh ficou maravilhado com a criatividade da garota e disse-lhe:

– Está perfeito! Deve ser muito veloz. Veja as lâminas de aço nas laterais, parecem afiadas, irão cortar a neve e o gelo facilmente.

Mas, faltam algumas coisas, continuou a falar Josh, entusiasmado com a criatividade de sua amiguinha:

– Faça embaixo do banco de trás do trenó, onde você irá se sentar, um compartimento especial para o Baby Pink; ele precisa ficar seguro. Coloque também um suporte, perto do vidro da frente, para o Baby Payson ir comigo.

Ela atendeu aos pedidos de Josh, num instante. Ele falou novamente:

– Agora, cintos de segurança iguais aos dos carros de fórmula 1. Vamos descer a toda velocidade e essa montanha é bem alta. Não se esqueça de um minicinto para o Baby Pink! Baby Payson não precisa, ele pode voar se precisar. Com certeza não terá problemas.

Linda voltou a falar:

– Não precisamos de cintos, estamos num sonho, não vamos nos machucar de verdade!

Josh retrucou:

– Tudo precisa parecer real para ser emocionante. Por favor, são apenas três cintos, isso não vai dar trabalho algum para você imaginar!

Certo, respondeu ela, um pouco impaciente, e tudo apareceu perfeito como ele pediu. Ela, ansiosa, disse:

– Agora, chega de detalhes: vamos descer a montanha!

Linda acomodou Baby Pink embaixo de seu banco, colocou o minicinto e fechou uma portinha. Ela havia criado uma abertura na parte de cima que permitia que a cabeça do porquinho ficasse de fora. Depois, tirou Baby Payson de seu ombro e o colocou na travessa de metal, na frente do banco de Josh. Após colocar seus amiguinhos em seus lugares, Linda sentou-se no banco traseiro e afivelou seu cinto. Não gostou muito do cinto; no entanto, obedeceu a Josh. Ela desejava ficar livre, mas tudo bem: o importante eram as emoções da grande descida.

Josh começou a empurrar o trenó montanha abaixo. Estava ainda ao lado de seu banco, na parte da frente, quando o trenó começou a deslizar, ganhando velocidade, pulou para dentro, colocou seu cinto e começaram a descida da encosta mais íngreme do Mount Baker!

Rapidamente, o trenó ganhou velocidade e suas afiadas lâminas de aço cortavam facilmente o gelo e a neve. O atrito das laminas com a superfície gelada fazia um zumbido impressionante. Os ocupantes do trenó riam alto e se divertiam com o frio na barriga provocado pela descida, como aquele friozinho na descida de uma montanha-russa. Essa era uma montanha das grandes, realmente uma "Big

Mountain" digna de campeões.

Os dois *babies* pareciam apavorados.

Baby Pink colocou sua cabeça no interior de seu compartimento e fechou os olhos, para não ver nada. Baby Payson se encolheu, colocou as duas asas na frente da cabeça e tremia de medo. Mas, Josh e Linda se divertiam muito.

De repente, surgiu um alto banco de neve, não havia como frear ou desviar. Então, foram firmes e passaram por ele. Por serem detentores de uma sorte providencial, não havia rocha no meio, só neve. Passaram bem no meio, deixando um grande buraco para trás, e continuaram a descida vertiginosa. Chegaram à beira de uma plataforma de uns cinquenta metros de altura, Josh gritou para Linda:

– Se segura, vamos voar sem asas!

O trenó se lançou sobre o precipício e agora suas laminas não mais cortavam o gelo e, sim, o ar. O estômago dos dois revirou e um frio correu pela espinha. A adrenalina foi para as alturas.

O veículo, então, aterrissou seguro num banco de neve macio. Deslizou um pouco e levantou mais um voo pequeno, pousando novamente mais à frente na neve fofa. Josh, então, acionou os freios. O trenó saiu rodopiando, pouco a pouco foi diminuindo sua velocidade, até que parou completamente. Ficou atravessado, encalhado num banco de neve de mais de dois metros de altura. Na verdade, eles afundaram completamente na neve e para sair foi necessário cavar bastante com as mãos para retirar o monte de neve acumulada sobre eles.

Linda tirou rapidamente Baby Pink de seu compartimento. Ele estava um pouco tonto, saiu cambaleando pela neve, como se estivesse bêbado. Baby Payson, quando viu a coisa começar a ficar preta, se soltou de sua travessa de aço, saiu voando, deixando o trenó e seus amigos malucos para trás. Assistiu tudo lá de cima, tranquilo e seguro. Parecia rir das estripulias de seus amigos e voava de um lado para outro por cima deles, gralhando o tempo todo.

A garota e Josh saíram do meio da neve, deram alguns passos, deitaram-se no chão e riram sem parar. Linda se levantou, foi correndo buscar Baby Pink, que corria de um lado para outro, desesperado. Logo o alcançou, pegou-o em seus braços e ficou consolando-o, passando a mão na sua cabecinha, dizendo que tudo estava bem. Não demorou e Baby Payson veio voando, pousou no ombro da menina, que deu algumas sementes para os dois. Josh, ainda deitado na neve, ria muito e Linda, quando via a cara dele, também caía na gargalhada.

Josh perguntou:

– Gostou de nossa descida?

– Foi a melhor brincadeira de toda minha vida, vamos de novo?

Porém, o celular tocou, finalizou o transe de Josh e a visão da menina desapareceu. Era Rae querendo saber dele. Ele aproveitou e a convidou para vir ao píer tomar umas cervejas. Rae aceitou e vinte minutos depois chegava de táxi. A noite veio, muita conversa boa, nada sério, assuntos leves para espairecer; depois de mais algumas cervejas, o casal se retirou.

III

Outro dia começava, era a madrugada de uma quarta-feira. Josh levantou-se, havia decidido nada comentar com Rae sobre sua missão. Esperaria pelo menos enquanto as operações fossem na região de Seattle porque poderia estar quase sempre em casa.

Rae dormia pesado. Eram quatro da manhã.

Josh havia tido uma noite horrível, dormira pouco e acordara diversas vezes. Um pouco em função da ressaca da cerveja, mas o que mais ocupava seus pensamentos era a visão de Linda do final de tarde anterior.

O encontro com a garota, apesar de ter sido divertido e mesmo ela não tendo informado nada de novo por parte da Senhora da Luz, não saiu mais de sua mente.

As memórias ficaram ressoando em sua cabeça a noite toda. As entrelinhas da visão é que haviam perturbado seu sono. Josh sonhara com porcos e pássaros o pouco tempo que conseguiu dormir. Será que os amiguinhos simpáticos de Linda seriam uma pista da Senhora da Luz?

A visão deles ficou fixa em seus pensamentos, até porque não eram animais de estimação típicos de uma garota daquela idade. Cachorros, gatinhos ou coelhos seriam mais comuns. Talvez pelo fato de ter ascendência oriental, ela cultivasse os costumes e os hábitos dos chineses, bem diversos do Ocidente. Era um detalhe que precisava ser considerado. Entretanto, esses animais despertaram sua atenção. Começou a repassar os detalhes, relembrou a visão da Senhora da Luz no lago, de todas as palavras ditas.

Resolveu sair de carro; ainda era cedo para ir para a base. Queria relaxar, pensar um pouco.

Saiu do prédio com seu carro e ganhou as ruas. Inicialmente, foi devagar. Dirigia em vias secundárias. Depois de algum tempo, chegou à autoestrada e, aí sim, pisou fundo e fez o motor rugir. Era muito cedo e a estrada estava deserta. Corria, enquanto pensava. Voltou às revelações da Senhora da Luz no lago. Ela havia dito que seria um ataque com armas biológicas que, naturalmente, poderiam transmitir novas doenças contagiosas, para as quais ainda não existiam vacinas ou remédios, o que poderia resultar em uma epidemia fatal. Outra informação chamava sua atenção desde o início: por que iriam deflagrar os ataques nos santuários ecológicos americanos? Estranhou desde sempre desse detalhe; até porque, na época dos ataques, não haveria mais concentrações de pessoas que viabilizasse uma infecção em massa. Não seria mais temporada de férias e os parques não teriam grandes visitações. Afinal, por quê? Se desejavam efeito devastador nas suas ações, deveriam ter escolhido grandes metrópoles, como Nova York, Los Angeles, Chicago ou outra qualquer.

Por que um parque? Não havia lógica na escolha de um local onde só se encontravam animais e mato.

Josh continuava na autoestrada. A suspensão esportiva especial e o aerofólio faziam o carro, um Nissam GT-R Premium 3.8-Twin-Turbo, ficar bem próximo do chão, dando-lhe mais estabilidade e velocidade. E o asfalto mais parecia um manto de veludo negro de tão conservado. Era uma rodovia larga e bem sinalizada.

Subitamente, olhou no retrovisor de relance e, verificando que não tinha outro carro atrás, freou bruscamente. O olhar no retrovisor e a freada foram quase simultâneos. Os pneus cantaram, a velocidade diminuiu rapidamente e Josh puxou o freio de mão antes que o veículo parasse – a traseira do carro rodou num cavalo de pau e o veículo inverteu sua direção.

Josh acelerou forte novamente e saiu cantando os pneus. Começou a voltar.

Como o carro dispunha de um Bluetooth Phone System, apertou o dispositivo de chamada e ligou para a base. O oficial de plantão era Khan e Josh falou:

– Bom dia, Khan. Chegarei mais cedo e preciso que mande preparar uma das motos. Farei trilhas no Olympic Park.

– Certo, comandante, a moto estará à sua disposição.

– Obrigado, Coronel, chego em trinta minutos. Separe botas, capacete e luvas, pois não saí de casa preparado para fazer trilha.

– Vou providenciar, comandante.

Josh voltou sua atenção à estrada e diminuiu um pouco a velocidade. Chegou à base no tempo estimado e encontrou na frente do prédio a moto e os equipamentos que havia solicitado, junto com uma mochila. Khan o aguardava ao lado da motocicleta e falou:

– Tudo que pediu e mais uns extras! Na mochila coloquei pistola, metralhadora portátil, munição, GPS e um comunicador especial por satélite, para contatar a base. Acho que deveria levar alguns homens, tenho um esquadrão pronto para acompanhá-lo.

– Não, obrigado, quero ir sozinho (e lembrou-se de Consuelo e seus exagerados cuidados, que faziam uma simples caminhada aos arredores do rancho parecer uma expedição amazônica).

– Desconfiei que desejaria ir sozinho; que assim seja!

IV

Josh colocou botas, luvas e capacete, além da mochila nas costas. Sentou-se na moto, deu partida e saiu empinando a motocicleta.

Pouco à frente, pegou uma saída para a autoestrada, rumo ao Olympic Park. Conhecia bem a região, possuía uma moto também e gostava de fazer trilhas por lá. Em menos de uma hora, se encontrava na floresta e começou a percorrer as trilhas, algumas feitas pelo homem, outras pela natureza, todas cheias de obstáculos inesperados. Ele preferiu as naturais, mais perigosas, pois precisava extravasar a energia concentrada dentro de si. Precisava aliviar a tensão, transformar a força que o incomodava em uma aliada, para agir a seu favor; somente respostas aliviariam a tensão. Continuou pela trilha, pulando árvores caídas, subindo morros, barrancos, passando por riachos e cachoeiras.

A exuberância da natureza era indescritível, uma região de extrema beleza, mantida intacta, intocável, para o desfrute de todos. Depois de algum tempo, Josh chegou a seu destino: a orla marítima do parque, banhado pelo oceano Pacífico. Entrou pela praia de areia firme e parou sua moto no local em que se erguiam três grandes rochedos. A praia e a água do mar volteavam nesses obstáculos, havia reentrâncias em todas as faces rochosas criadas pela a erosão da água das marés. O maior dos rochedos tinha vegetação em seu topo e nas laterais – era uma visão magnífica. Tirou o capacete, as luvas e foi caminhando pela praia.

O sol já esquentava o dia, trazia um calorzinho gostoso que ia penetrando em seu corpo e levava grande energia a sua alma. Josh tirou as botas e as roupas. A praia encontrava-se deserta, era isolada e as trilhas para chegar até ali eram bastante difíceis. Josh correu e mergulhou nas gélidas águas do Pacífico. Arrepiou-se de frio, mas continuou nadando de um lado para outro, próximo à praia.

Depois de algum tempo, o frio aumentou: resolveu sair da água e se esquentar ao sol. Deitou-se de barriga para cima na areia seca e quentinha. Ficou por ali, pensando, refletindo e procurando processar as informações recebidas ultimamente.

V

Mais uma vez, inesperadamente, entrou em transe e a visão de um grande túnel negro formou-se sobre ele. O céu azul sumiu, dando lugar à escuridão do túnel, com uma luz tênue ao fundo. Tinha a impressão de que eram relâmpagos que cortavam e incendiavam a escuridão. Josh desprendeu-se do corpo e foi em direção ao final da escuridão: a zona da tempestade. Flutuava, sentia-se bem, leve, liberto de problemas e de insegurança.

Apesar da escuridão, estava seguro, não tinha medo, apenas curiosidade. Quando se aproximou do final do túnel, pode ver uma velha casa de madeira que parecia abandonada. Estava em ruínas, formando o cenário típico de um filme de horror. Uma pequena guarita, em cima do telhado da velha casa, chamava a atenção, porque parecia um posto de observação.

O tempo estava fechado e muitos trovões estremeciam o céu. Eram dezenas deles, não cessavam e anunciavam que desabaria uma grande tempestade.

Encontrava-se em uma zona macabra, sombria, fria e fétida. Ouviu um barulho estranho; parecia um zumbido e também gargalhadas fortes. Olhou para o lado e pode ver algumas velhas voando em vassouras com varinhas mágicas em suas mãos. Riam alto com a criação de seres mutantes metade galinhas e metade leitões. Eram criaturas horríveis e desajeitadas, que não conseguiam andar porque as formas de seus corpos eram desastrosas.

De repente, as bruxas gritaram:

– Agora, o terceiro elemento!

Apontaram suas varinhas mágicas para os seres e um raio os atingiu, fazendo-os crescer e ficar do tamanho de um elefante.

Eles se debatiam por algum tempo e depois morriam. As bruxas se desesperavam e gritavam, amaldiçoando suas criaturas:

– Malditos seres desprezíveis! O terceiro elemento ainda não está funcionando.

Gargalhavam alto novamente e se voltavam às criações. Continuaram a forjar essas criaturas inomináveis que depois se transformavam em seres monstruosos, cada vez mais e mais. Em pouco tempo o túnel ficou repleto de corpos gigantes, disformes e horrorosos. As bruxas voavam de um lado para outro em suas vassouras – eram velhas asquerosas e nojentas.

Josh saiu do transe. O túnel sumiu e o céu voltou ao seu aspecto anterior.

Sentou-se, esfregou os olhos e sentiu uma corrente elétrica varrer seu cérebro; então, as imagens de Baby Pink e Baby Payson vieram-lhe imediatamente à mente, bem como o formato de águia que Linda havia assumido ao se aproximar dele na visão do dia anterior.

Naquele instante, tudo ficou claro para ele: as respostas que tanto procurava vieram por encanto – se os terroristas pretendessem utilizar vírus, seriam os das gripes aviária e suína. Por isso, tantos porcos e aves em seus sonhos e visões. Contudo, esses vírus isoladamente não seriam mortais e destruidores; contra eles existia boa quantidade de vacinas e antivirais eficientes.

Pensou um pouco mais: as imagens das bruxas criando seus monstrinhos trouxeram mais outro elo para montar uma corrente de pensamento ordenada e concatenada: os terroristas juntariam os dois vírus e criariam uma mutação genética em laboratório, um VÍRUS NOVO, para o qual não haveria vacina nem remédios eficientes.

As bruxas deveriam ser figurativas, representando os laboratórios de engenharia genética e as mentes malignas criadoras dessas aberrações.

Poderiam representar, ainda, loucos com coragem suficiente para espalhar um grande mal pelo planeta. Isso porque bruxas não existiam (pelo menos era nisso que ele acreditava. Será que ele estava certo?).

E que terceiro elemento era esse?

As bruxas ressaltaram muito esse termo! Lembrou-se que essa frase também estava presente na pedra de cristal azul que a Senhora da Luz havia lhe dado.

Deveria ter algum significado, era uma informação importante. As bruxas na sua visão do túnel estavam testando a utilização desse "Terceiro Elemento" nas mutações, o que apontava para a importância dessas descobertas.

Poderia ser um terceiro vírus ou um elemento químico a ser adicionado na junção dos vírus ou liberado com ele. Não sabia a resposta, mas era um fator relevante nessa cadeia de fatos, um elo a mais da perigosa corrente do mal. Poderia ser isso, mas precisaria consultar os especialistas para saber se esse novo vírus era viável de ser criado. Talvez a visão fosse só uma alucinação.

Pegou sua mochila, procurou o comunicador que Khan lhe fornecera. O celular, nem pensar: estava longe e não havia sinal. Josh chamou e depois de algum tempo Khan atendeu. Josh instruiu:

– Convoque uma reunião com os especialistas de inteligência, informática, biólogos e cientistas que dispomos para dentro de três horas, na sala de comando. Chame também os que estiverem de folga.

– Certo, Comandante, imediatamente.

– Voltarei para a base após comer algo perto do cais do porto, na Peixada do Brasil. Se precisar, me achará lá.

Josh se vestiu, calçou as botas, colocou seu capacete, luvas e pegou sua mochila. Deu partida na motocicleta e voltou, buscando um caminho mais fácil, longe das trilhas, pois queria chegar logo.

Duas horas da tarde

Base da Immortal Brigade

I

Josh chegou e foi direto à sala de comando. Cumprimentou os presentes e começou a expor as novas informações:

– Os ataques terroristas, que em breve deveremos impedir, serão com armas biológicas: vírus ou bactérias. Pessoalmente, acredito que será um vírus. Tenho fortes indícios que estes vírus podem ser das gripes aviária e suína.

Na hora, a tenente bióloga que integra a equipe ressaltou:

– Essas gripes são comuns e existem vacinas para sua prevenção, além de antivirais para combatê-las. Portanto, não seriam eficientes como armas biológicas. Porque os terroristas utilizariam esses vírus?

– Concordo plenamente, tenente: você está coberta de razão – disse Josh.

– Esses vírus em separado não seriam eficientes como arma biológica; por essa razão, acredito que os terroristas os estão manipulando geneticamente e unificando os dois. Criando, dessa forma, um VÍRUS NOVO, que seria forte e sem vacinas e remédios para combatê-lo. Além disso, tenho firme suspeita que a esses dois vírus seria adicionado um terceiro elemento, talvez um outro vírus, e, assim, criariam um SUPERVÍRUS. Extremamente letal e de fácil disseminação. Uma grande epidemia se espalharia pelos quatro cantos do planeta e seria monstruosa a quantidade de mortes.

Após uma pausa, continuou:

– Ou poderia ser outro elemento químico. Mas, não sei precisar de qual natureza. Este terceiro elemento poderia ser espalhado junto com os outros vírus para potencializar o poder de destruição. Não sei o que seria. Na realidade, não disponho, no momento, de maiores informações sobre esse possível terceiro elemento. Acredito que ele exista, mesmo sem conseguir definir o que ele é. Creio nisso! Com base nessa hipótese, é que coloco as seguintes questões: a fusão desses dois tipos de vírus é possível de ser feita? E mais: é possível de ser efetivada em escala industrial de produção, em laboratórios de engenharia genética, por exemplo?

– O novo SUPERVÍRUS poderá ser transmitido a humanos por aves? – continuou Josh.

– E por qual via de transmissão? Poderia ser aérea, através dos pássaros silvestres que se espalham por quase todas as localidades do planeta:

nas cidades, área rural, parques e florestas?

- Ou de forma indireta, por meio da contaminação das carnes suínas e de frango?

– Quem lucraria com essas ações terroristas? Quais os resultados possíveis de serem esperados de ataques dessa natureza, tais como propaganda política, motivação religiosa ou dinheiro?

Seguiu, com uma última pergunta:

– Quais seriam os objetivos de um plano diabólico desse? Acredito que a intenção de se utilizar santuários ecológicos para propagação dessa peste seria de contaminar pássaros que tenham o hábito de migrar pelo mundo. Pássaros silvestres comuns e numerosos, que habitam tanto áreas urbanas quanto rurais, na maioria das regiões do planeta. Aqueles que encontramos em todos os lugares e nos mais diversos países. – Josh seguiu argumentando:

– Nas regiões urbanas, os pássaros iriam contaminar diretamente a população. O vírus seria transmitido de forma aérea, de fácil e rápida disseminação, em especial em regiões densamente povoadas (mais uma vez, Josh recorria às informações do arquivo digital recebido de Lara e Li).

–   Nas áreas rurais, a contaminação seria indireta, por meio de fazendas de criação de frangos e suínos. Os animais confinados seriam infectados com bastante facilidade e o vírus chegaria à população por meio da contaminação da carne.

– As espécies de pássaros de que falo são as comuns, como pombos, andorinhas, pardais, entre outras. Essas aves seriam hospedeiras desse vírus; receberiam o vírus e o espalhariam, mas seriam imunes a essas gripes: não ficariam doentes e não morriam com a doença. Por esse motivo, teriam uma capacidade de transmissão fantástica e disseminariam a doença por vastas regiões em suas rotas de migração para reprodução, que se espalham por todos os continentes do planeta.

Josh, então, solicitou:

– Necessitamos de respostas sucintas e precisas para essas questões. Obrigado a todos.

II

O dia se passou e as respostas vieram bem tarde da noite. Foram arrasadoras: sim, era possível a unificação dos vírus e sua produção numa escala industrial.

A junção deles iria produzir uma mutação mortal, forte e resistente às vacinas e aos antivirais existentes no mercado. Entretanto, rapidamente os cientistas criariam novas vacinas e drogas para combatê-lo. Seria muito perigoso no início, mas não por um longo período: logo estaria sobre controle. Atingiria muitas pessoas, é claro, mas por pouco tempo.

O problema crucial seria a adição desse terceiro elemento – e isso com certeza era um grande complicador, já que nada se sabia a respeito dele. Um surto dessa doença seria um desastre de grandes proporções, especialmente em função da adição do terceiro elemento, que provavelmente seria o fator multiplicador de sua periculosidade. As previsões eram péssimas e tudo apontava na direção de um possível Apocalipse para o planeta.

Outra resposta difícil de ser digerida: sim, o novo vírus poderia ser transmitido por aves silvestres e marítimas que chegariam com grande facilidade a regiões densamente povoadas e atingiriam as criações de frangos e suínos.

Com certeza, esse SUPERVÍRUS poderia ser uma arma fatal na mão de terroristas!

O silêncio tomou conta da sala. Todos se encontravam apreensivos com as novas revelações. Josh sentiu um frio correr por toda sua espinha e seu estômago embrulhou.

Estava apavorado, pressentiu que iriam enfrentar realmente uma peste devastadora. Precisava de ajuda.

Encerrou a reunião e voltou para casa, preocupado com as ideias e as hipóteses que havia formulado com base nas visões. Intimamente, tinha a convicção da veracidade das visões que tivera. Mas faltavam elos nessa corrente macabra.

Quem poderiam ser os criadores de tais planos? Quem lideraria e levaria adiante a ação terrorista mais insana dos últimos tempos?

Não havia muita lógica num ataque dessa natureza, devido a ausência de um alvo específico, um país determinado ou um grande inimigo a ser atingido. Um vírus espalhado da forma que imaginava ficaria sem controle e atingiria todos os povos da Terra, independente de suas convicções religiosas e não religiosas – cristãos, muçulmanos, judeus, budistas, ateus – ou organização social – capitalista, comunista, democrata, liberal, radical.

Seria uma arma terrível espalhada a esmo pelo vento, carregada nas asas dos pássaros. Terroristas têm alvos específicos, mas esses loucos não tinham. O motivo dos atentados não era político, religioso ou de propagação de uma causa. Portanto, só poderia ser dinheiro – ou melhor: muito dinheiro.

Josh não possuía a menor ideia de como lidar com aquela situação, tampouco dispunha de experiência e de conhecimento militar.

Tratava-se de liderar uma complexa missão com guerreiros incomuns, dotados de habilidades especiais. E ainda havia o agravante do desconhecido *terceiro elemento*!

Ele então se lembrou de seus pesadelos antes da visão da Senhora da Luz no lago, quando vislumbrara multidões de moribundos vagando sem destino pelas grandes cidades da Terra.

A tosse contínua e os escarros eram peculiares a gripes. Contudo, as pessoas tinham os corpos cobertos de bolhas e tumores, sintomas estes ausentes em gripes. E que somente poderiam ser causados por um terceiro agente.

A insegurança tomou conta de seu coração, teve a certeza que precisaria de muita ajuda da Senhora da Luz. Pensou nela. Pediu que o visitasse naquela noite em seus sonhos e o orientasse para prosseguir com sucesso na cruzada da IB.

Quando chegou em casa, já era mais de uma hora da madrugada e Rae dormia. Tomou uma ducha bem quente, um copo de leite e caiu na cama. Sonhou a noite toda com as bruxas criando monstros mutantes, meio frango e meio porco.

III

Acordou muito cedo, dormira menos de três horas. Bruxas e bruxos não saíam de sua mente. Levantou-se e resolveu fazer algumas pesquisas *online*: leu sobre o tema por muitas horas. Acabou convencido de que, realmente, bruxas existiam em todos os países, mas não da maneira e nem como eram descritas em contos de fadas.

Quase sempre eram homens ou mulheres poderosos, ricos e bem entrosados no meio político, no qual exerciam grande poder. Esta influência havia sido adquirida por meio de suas fortunas. Muito dinheiro era destinado à corrupção de autoridades em todas as esferas e em todos os escalões. Procuravam sempre o lucro fácil e rápido. Dominavam grandes corporações industriais, financeiras e da área de serviços.

Detinham forte influência em praticamente todos os setores da economia e da política internacional. A semelhança com as bruxas da literatura estava na dedicação a atividades nefastas de magia negra. Estes seres representavam o mal absoluto. Somado a isso, havia uma cobiça insaciável aliada à falta de escrúpulos e ao total desprezo pelas regras e leis estabelecidas pela sociedade.

Também se evidenciava um absoluto

descaso pela natureza. Essas pessoas controlavam negócios que envolviam atividades nocivas ao meio ambiente, exploração de mão de obra infantil e trabalho escravo, principalmente em países pobres e menos desenvolvidos. Buscavam obter lucro sem nenhuma ética ou pudor, financiando a degradação ambiental e humana. Portanto, este grupo reunia todas as características que o colocava no topo da lista dos prováveis mentores e financiadores desses ataques.

Josh agora os classificava como suspeitos Nº·1.

Naquela manhã, Josh foi para a base da IB com essa convicção. Ao chegar, encontrou o Coronel Khan debruçado sobre mapas do Parque. Ele havia passado a noite tentando encontrar pistas para chegar às células terroristas. Poderia ser mais de uma célula, eles não sabiam de nada, encontravam-se na estaca zero (mas não por muito tempo, pensava Khan).

Josh dirigiu-se a ele:

– Dessa maneira não adianta, Khan. Tenho uma ideia, mas preciso confirmá-la. Para criar e modificar geneticamente esses vírus seriam necessários grandes laboratórios, pessoal qualificado, tempo e dinheiro. Isso exigiria enorme investimento para financiar um ataque dessa amplitude. Isto porque não se cria da noite para o dia um laboratório sofisticado de engenharia genética dessa magnitude e tampouco andam soltas por aí, no mercado, pessoas qualificadas para realizar esse tipo de pesquisa.

  – Poucos especialistas em genética e cientistas no mundo se engajariam num projeto de grande abrangência – continuou Josh – especialmente com fins de desenvolver armas biológicas letais, apenas por dinheiro. A maioria tem escrúpulos, preserva a ética profissional acima de suas ambições financeiras e pessoais. Seria necessário um grupo industrial já detentor de instalações apropriadas e pessoal de ponta atuando em outros projetos. Deste modo, poderiam ser manipulados ou forçados a trabalhar, por meio de chantagem e ameaças, dentre outras formas.

  Após pequena parada, continuou:

  – Vamos considerar a possibilidade de que bruxas e bruxos existam e que essa premissa seja verdadeira (Josh colocava sua teoria de forma tímida e insegura, pois sabia que era uma hipótese fora do comum, para não dizer louca).

  – Por ora, só conjecturas, não fatos. Divaguemos um pouco: vamos nos afastar das verdades absolutas e examinar dados hipotéticos.

Somente bruxos teriam maldade e dinheiro para tamanha empreitada. Grupos terroristas não teriam cacife para tanto. Na execução do ataque, é provável que recrutem terroristas para realizar o trabalho sujo. Fariam o serviço não por uma causa e sim pelo dinheiro.

– Bem, precisamos saber se existem bruxos no controle de laboratórios de engenharia genética que se destinam à descoberta e à produção de antibióticos, antivirais e vacinas. Especialmente aqueles que estão realizando pesquisas de mutação genética de vírus da gripe. Nessas empresas, os bruxos, com a ajuda de mentes suficientemente brilhantes e ambiciosas, poderiam modificar os projetos originais. Assim, ao invés de buscar a cura das doenças, estariam desenvolvendo e produzindo armas biológicas.

Josh continuou sua explanação:

– Achar os laboratórios não é uma tarefa difícil, não existem muitos com esta capacidade espalhados pelo mundo. A grande dificuldade, na realidade, será identificar quais dessas empresas pertencem a possíveis bruxos ou bruxas – claro tudo isso ainda no campo das hipóteses. Apresentaremos estas considerações para nossos especialistas e esperaremos para ver o que eles podem conseguir para nós. Tenho a intuição que poderão aparecer boas respostas para minhas suspeitas.

Josh, então, ordenou:

– Khan: reúna na sala de comando os especialistas em inteligência, informática e espionagem de que dispomos. Vamos precisar trabalhar duro com os computadores para coletar muitas informações sobre os laboratórios e seus proprietários – e especialmente sobre bruxas e bruxos antes de qualquer outra iniciativa. Com certeza, as respostas virão automaticamente.

– Sim, senhor.

Khan perguntou, admirado, como ele havia chegado a essa conclusão, no mínimo exótica, para não dizer louca. Josh respondeu:

– Serviços especiais, Coronel, serviços muito especiais. Se essa hipótese for verdadeira, iremos atrás dos bruxos espalhados pelos quatro cantos da Terra.

Riu alto com o espanto de seu coronel, que continuava sem entender nada. Khan perguntou:

– Quanto ao terceiro elemento, alguma informação?

– Não sei nada ainda. Não tenho a menor ideia, mas vou descobrir, pode ter certeza, meu amigo.

IV

Khan chamou pelo comunicador os homens solicitados por Josh, entre eles o esquadrão dos indianos, especialistas em sistemas de informação. Havia também *hackers* que trabalharam para a Nasa, o Pentágono, a CIA, a KGB e o Mossad. Eram as "Feras": agentes detentores de mentes e habilidades privilegiadas. Todos recrutados para integrarem o grupo da IB.

Josh falou:

– Inicialmente, precisamos saber quais são os grandes laboratórios que produzem vacinas para gripe e desenvolvem projetos de pesquisa com mutação de vírus. Isolem aqueles localizados em posições remotas. A principal característica é que estes laboratórios devem ser controlados por pequenos grupos que trabalhem com engenharia genética. Esses são nossos principais suspeitos.

– Depois, descubram a identidade dos maiores bruxos, os mais ricos e poderosos. Precisamos saber se algum deles está de alguma forma, direta ou indiretamente, ligado ao controle destes laboratórios. Se o cruzamento dessas pesquisas for positivo, iremos encontrar a solução para o nosso enigma.

O grupo riu e alguém mais afoito

argumentou:

– Desde quando bruxos existem? Acho que vamos correr atrás de contos de fadas!

– E, se existem, como vamos encontrá-los? Ninguém sai por aí com um chapéu pontudo na cabeça, se dizendo bruxo. Se alguém fizer isso, pode ter certeza que passará seus dias internado em alguma instituição psiquiátrica.

Josh, então, falou em tom autoritário:

– Se minha hipótese for verdadeira, os senhores darão um jeito de encontrá-los e rápido. Se existem tais bruxos ou são apenas fruto da imaginação, os senhores irão precisar provar isso, pois estou convencido que são reais.

Uma loira, até então calada num dos cantos da sala, se manifestou:

– Posso confirmar a informação do Comandante. Na realidade, sou uma bruxa e sei como ter acesso à lista de todos os bruxos. Faço parte da Confederação Internacional das Ligas de Bruxos e Bruxas e sou membro vitalício da Liga de Bruxas da Ucrânia. Posso afirmar: bruxas e bruxos existem, sou uma prova viva disso e posso ajudar na obtenção de informações preciosas sobre nossa "Irmandade".

Era a Tenente Taisiya Tsetsilya, nascida na Ucrânia e ex-integrante da extinta KGB, que fazia uma revelação surpreendente, que deixou todos boquiabertos e surpresos, mas que foi providencial naquele momento crítico do grupo.

Josh, aliviado com a informação, exclamou:

– Obrigado, tenente, pelas suas revelações inusitadas. Agora podemos começar nossa tarde com uma boa notícia! Você cuida dos bruxos, tenente!

Josh continuou:

– Outra tarefa importante: precisamos encontrar todas as empresas que prestam serviço no Olympic National Park. Não importa qual o tipo de serviço, se limpeza, conservação, segurança ou alimentação.

Possivelmente, as células de terroristas estão infiltradas no parque e devem estar lá há algum tempo (Josh falava baseado nas informações recebidas da Senhora da Luz, mas não revelou a origem dos fatos; mantendo o segredo de sua visão).

– Quero uma operação pente fino de tudo ligado ao parque. Lembrem-se que essas células permanecem inativas por longas temporadas. Trabalham de forma independente e os integrantes só começam a se comunicar depois que as células forem ativadas pelo comando central. E acredito que isso deva acontecer logo.

O Coronel Khan questionou:

– Pelo que sei, terroristas não trabalham por dinheiro, mas sim por uma causa!

Josh argumentou:

– Ou são manipulados por líderes corruptos que os estão utilizando para arrecadar fundos para suas facções. Podem ser, na verdade, mercenários.

Depois de responder ao Coronel, Josh continuou sua explanação:

– Como eles normalmente são estrangeiros e não naturalizados, provavelmente não conseguem trabalho com a administração central do parque. São órgãos federais e, portanto, não contratam funcionários que não sejam legalizados; são impedidos por normas federais de fazer isso e muito rigorosos no cumprimento das leis. As prestadoras de serviço é que se utilizam de mão de obra imigrante. Lembrem-se de que o nível de segurança nessas empresas é baixo, até porque nunca houve ameaça terrorista em santuários ecológicos. As empresas que fazem terceirização de mão de obra têm a sua fonte de lucro nos salários de seus trabalhadores e não se preocupam em checar seus funcionários; contratam qualquer pessoa que aceite trabalhar por um salário baixo; quase sempre estão tão somente preocupadas com seu lucro. É certo que eles irão se infiltrar por meio das prestadoras de serviço. Chequem de dois anos e meio para cá. Devido à complexidade do plano de ataque, deve, com certeza, ter sido iniciado há um bom tempo. Quem o concebeu e o idealizou tem dinheiro disponível e nenhum receio em gastá-lo. Vamos ao trabalho!

Antes de encerrar a reunião, Josh ainda esclareceu:

– Quanto ao terceiro elemento, continuemos colhendo informações e checando dados sobre elementos químicos e outros vírus poderosos que poderiam ser incluídos para multiplicar o poder de destruição dessa arma química. Reflitam e pesquisem sobre as possibilidades. Informações e bons palpites com algum fundamento serão bem-vindos. Obrigado, estão todos dispensados.

Sexta-feira – 6h da manhã

Base da Immortal Brigade

I

Josh passou a noite na base. Depois de uma boa ducha quente, voltou à sala de comando, onde encontrou Taisiya. Ela trazia boas notícias. Havia feito uma lista especial, durante a noite, com todos os bruxos. Na verdade, era um cruzamento de informações das atividades exercidas por empresas que eles controlavam e que se enquadravam no perfil de suspeitos estabelecido por Josh.

Dirigiram-se a um dos computadores e Taisiya inseriu um arquivo digital. Uma longa lista apareceu na tela. Josh argumentou, apreensivo:

– São muitos nomes, não pensei que fossem tantos. Como conseguiu essas informações?

– Foi bem fácil. Meu pai é o presidente da Confederação Internacional das Ligas de Bruxos e Bruxas. Desde os episódios de Salem, a caça aos bruxos levada a cabo há mais de um século, minha família assumiu o controle da Confederação. A presidência é vitalícia e é transmitida de pais para filhos. Serei a próxima na linha sucessória, depois que meu pai se aposentar, mas estou afastada. O sonho de meu pai é que eu volte ao Conselho da Confederação e me prepare para assumir seu lugar futuramente, mas estes não são os meus planos.

– Papai está velho e não gosta de computadores. Apesar de ter convivido intensamente com tecnologia de ponta no seu trabalho como General do Exército da União Soviética, após se aposentar, adquiriu fobia deles. A Confederação se modernizou nessas últimas décadas e deixou de lado os pergaminhos antigos. Agora, temos amplo acesso à informática e à tecnologia. Meu pai não aceita bem isso. Por ter idade mais avançada, é tradicionalista. Na realidade, sou eu quem sempre o ajudou a atualizar as informações. Faço isso nos períodos de folga, entre um trabalho e outro. Por isso, tenho todas as senhas.

Josh, aliviado, falou:

– Ótimo, temos tudo nas mãos.

– Sim, só para explicar melhor e deixar bem claro. No universo dos bruxos existem duas facções diferentes e distintas. Uma se empenha em promover o bem, ajudando as pessoas e protegendo o meio ambiente. Já a outra é completamente contra ao que é bom. Na verdade, expelem o mal por todos os poros. São seres insaciáveis em sua cobiça e ávidos por riquezas. Buscam pela vida eterna e não se importam com a destruição, sejam dos homens ou de todo o planeta. Para obterem um bom lucro, não se importariam em assolar a humanidade com pragas e pestes. Já o fizeram na Idade Média, quando criaram, com suas poções de magia, a Peste Negra que dizimou mais da metade de toda população da Europa e de outros países.

— Acredito que as chances de bruxos estarem por trás desses ataques são grandes; diria até que estão próximas de cem por cento – precisou Taisiya.

— Estão, certamente, por trás dessa bestialidade. Somente eles poderiam arquitetar um plano rico em maldade e requintado como esse.

Voltando ao assunto da Confederação, ela disse:

– Meu pai preside a Confederação das Ligas de Bruxos e Bruxas e se há bruxos envolvidos nesses ataques, a Confederação vai querer ajudar a liquidá-los. Juntarão forças disponíveis para lutar ao nosso lado. Não tenho dúvida disso. Devemos ir até a Confederação.

Josh pensou, mas nada falou – não acreditava em bruxas e bruxos do bem: isso é lorota. Apenas perguntou:

– Onde fica a sede dessa Confederação?

– Em Salem, Massachusetts. Você deve

conhecer a fama de cidade das bruxas!

– Sim, conheço. Morei na região de Boston, perto de Salem, e fui lá algumas vezes.

Josh apresentava agora o rosto de um homem preocupado, pensativo, pois não sabia se devia ou não abrir as informações sobre as operações com o presidente da Confederação. Precisava consultar o presidente do Conselho da Immortal Brigade, o banqueiro Li, e assim o fez.

Dirigiu-se a sua sala e chamou o presidente para uma conferência *online*, monitorada pelo conselho – e por sua diretora executiva, Lara, é claro.

Josh explicou tudo a Li e surpreendeu-se com a resposta rápida de que deveria encontrar-se com o presidente da Confederação de Bruxos. Li o conhecia pessoalmente e aparentemente era um homem de confiança. Entretanto, o presidente alertou para sempre desconfiar dessa organização. Não deveria nunca depositar completamente sua confiança neles. Era preciso falar somente o necessário. Seria o momento ideal de procurá-lo e o Conselho, que monitorava a conversa de Josh e Li, também aprovou o contato com a Confederação de Bruxos por unanimidade. Josh deveria ir até Salem com Taisiya.

Josh voltou à sala do comando e pediu a

Taisiya para marcar uma entrevista com o pai. Ela ligou e acertou o encontro para o próximo domingo, na casa do bruxo, em Salem.

Josh pensou que parte do nó começava a ser desatada. Se sua intuição estivesse correta, se bruxos fossem realmente os idealizadores dos ataques, a solução poderia estar próxima e em breve poderiam saber quem era o cabeça ou os cabeças do plano terrorista. Parecia que finalmente algumas coisas estavam se elucidando e se tornando mais claras. Josh procurou outro tenente, queria estar ciente das possíveis novidades. Era o guerreiro Abraham Amos Yoav, conhecido como tenente Yoav, antigo agente do Mossad, Serviço Secreto de Israel, que cuidava dos cruzamentos das informações dos grandes laboratórios.

Ele informou que já avançara um pouco, mas precisava de mais tempo, garantindo-lhe dar respostas em pelo menos vinte e quatro horas.

– Ok, esperaremos – disse Josh e chamou o Coronel Khan para avisar que iria para casa e que poderia ligar se surgirem informações importantes.

– Certo, pode ir. Fique tranquilo, ligarei se houver novidades.

Ele retrucou:

– Tranquilizar, como? Com tudo pegando

fogo à nossa volta, será difícil! Mas vou tentar dormir um pouco.

II

Josh desceu do mezanino e saiu pelos fundos do armazém. Entrou no seu carro e foi para casa. Sabia que encontraria uma Rae aflita, havia dois dias que ele estava fora de casa.

Lembrou-se que ela ligara várias vezes no celular, mas ele não pode conversar quase nada, estivera sempre ocupado e tinha certeza de que ela não estava feliz. Cruzou a cidade rapidamente e em menos de quarenta minutos estava na garagem de seu prédio.

Pensou alguns minutos antes de descer do carro. Resolveu que seria melhor conversar logo com Rae e colocá-la a par de tudo. Iria precisar viajar a Salem, com outra mulher, uma loira sedutora e atraente. Portanto, tudo deveria estar claro com sua esposa. Aliás, seria melhor que ela fosse junto. Falaria com ela ainda naquela noite.

Rae recebeu Josh com beijos, dizendo-lhe:

— Meu amor, que demora! Nem vi você sair de casa ontem pela manhã e só volta agora à noite. Onde você esteve nesses dois dias? Mal trocou meia dúzia de palavras comigo pelo celular. Está sempre apressado e estressado, sem tempo. Parece que esses problemas são infindáveis. O que está acontecendo?

– Perdoe-me, amor. Tive um dia difícil e realmente estava nervoso hoje. Tomarei um banho rapidinho. Por favor, separe um bom vinho, faça uns aperitivos e conversaremos sobre os últimos acontecimentos. Você entenderá o meu nervosismo e minhas ausências nesses dias. Prometo que te conto tudo!

– Ok, meu bem. Tome sua ducha, enquanto preparo umas coisinhas para nós e, aí, poderemos conversar com calma.

Meia hora depois, quando Josh voltou, uma mesa estava pronta à espera deles. Serviu o vinho e ofereceu uma taça à Rae. Provaram aperitivos e a conversa foi fluindo.

Primeiro, algumas amenidades do dia a dia, depois ele passou a falar da missão. Explicou os acontecimentos dos últimos dias. Começou contando a visão no rancho e foi informando a sua esposa o novo rumo que a vida deles estava tomando.

Ela, como esperado, ficou nervosa e apreensiva, não tinha o mesmo espírito aventureiro de seu marido. Preferia uma vida pacata e não gostava de assumir riscos. Portanto, não era adepta de grandes aventuras, como seu companheiro.

O casal fazia jus à teoria que os contrários se atraem – se amavam e eram felizes. No final da conversa, se entenderam e combinaram de irem juntos a Salem. Rae tinha curiosidade acerca das figuras dos bruxos. Era um assunto que mexia com ela.

No Império das Sombras

Província da Lapônia – Cidade de Rovaniemi

I

A Lapônia, uma província da Finlândia, é conhecida mundialmente como a terra do Papai Noel – e Rovaniemi é, justamente, a cidade na qual dizem que mora o bom velhinho. Lá, tem a fábrica de brinquedos, local em que ele e uma legião de ajudantes passam o ano trabalhando duro para produzir os presentes que distribuem no Natal para as crianças no mundo todo.

Claro que se trata de uma lenda, mas, ainda assim, é uma bela história...

O que pouca gente sabe é que, diferente de um conto de fadas, a Lapônia é a terra de bruxos poderosos. Eles dirigem-se para lá no outono, permanecendo até meados da primavera. Deste modo, podem aproveitar as longas noites do Círculo Polar Ártico.

No verão, a Lapônia tem dias longos, sendo a terra do tão conhecido sol da meia-noite. Mas, do meio do outono até meados da primavera as noites são mais longas. Os bruxos são seres que preferem as noites. Gostam da escuridão, porque são os melhores momentos para rituais de magia negra.

Acredite-se ou não, as bruxas existem e estão por toda parte. Claro, não são aquelas velhas asquerosas e feias que dançam à beira de caldeirões ou que voam em vassouras nas noites de lua cheia, fazendo feitiços. Nem possuem varinhas mágicas, itens comuns nas histórias infantis e nos desenhos animados. Pelo contrário, são mulheres lindas e sedutoras que se utilizam de seus atributos para adquirir fama, riqueza e poder político.

Muitas vezes, para conseguir satisfazer suas ambições, se escondem atrás de homens ricos e poderosos, que manipulam com maestria, tornando-os verdadeiras marionetes em suas mãos.

Os bruxos também são homens sedutores, bem articulados e falantes. Possuem certo ar de superioridade. São líderes natos, dominando facilmente o mundo político e as grandes corporações. Quase nunca enveredam pelo submundo do crime – acham que essas atividades são inferiores e não condizem com sua inteligência e nobreza. São homens de gostos e hábitos sofisticados, de etiqueta impecável. Costumam viver no luxo e adoram o *glamour* da alta sociedade. Ao contrário das figuras montadas em vassouras, eles agora cortam os ares em modernos jatos executivos.

Os mais poderosos utilizam gigantescos

aviões, iates luxuosos, carros esportivos e tudo mais que o dinheiro pode comprar. Dominam grandes corporações, fazem vastos investimentos em mercados financeiros e gastam fortunas para financiar campanhas de políticos na maior parte dos países. Dessa forma, exercem forte poder em todo o mundo. Adoram exercer o controle de governantes totalitários, fazendo deles instrumentos eficientes para disseminar o mal e o terror.

Pois é justamente na Lapônia, habitada parte do ano por bruxas e bruxos, que está localizado um complexo de laboratórios nos quais realizam-se experimentos de manipulação genética e desenvolvimento de vacinas e antibióticos. O complexo é chamado de WLD e está situado na área rural, afastado cerca de cinquenta milhas da cidade de Rovaniemi.

II

Na sala da presidência, uma reunião do Conselho Deliberativo começava pontualmente à meia-noite. Um horário bastante incomum para atividades do alto escalão de uma corporação industrial. Mas, para seres diferentes, era normal – para ser mais enfático: era o melhor horário, pois eram bruxos.

O nome da corporação era estranho para os humanos que não sabiam da existência de uma associação como aquela: Witches League of Devastation[30]. Este conselho era formado por oito bruxas notáveis e apenas um bruxo, que era o seu presidente, cujo nome era Väinämöinem e havia nascido na Finlândia – motivo pelo qual seu império estava sediado naquele país.

O conselho contava com duas diretoras, Louhi e Hécate; e seis conselheiras, Circe, Maeve, Mohine, Zoraida, Rebecca e Samantha.

O presidente não se encontrava na sala. Na verdade, sempre administrava seu império de uma de suas suntuosas mansões ou a bordo de seu luxuoso avião ou mesmo do iate. Presidia a reunião do Conselho por meio de videoconferência e sua imagem era projetada ao fundo da sala.

Louhi, a diretora executiva do complexo de laboratórios, abriu a reunião e passou a palavra ao presidente, que, naquele momento, estava navegando pelo Mediterrâneo. Väinämöinem estava na cabine do iate completamente nu, deitado sobre uma cama gigantesca, acompanhado de meia dúzia de mulheres lindíssimas e igualmente nuas.

---

30 Ou seja, Liga das Bruxas da Devastação.

Fazia a terceira coisa que mais gostava na vida: orgias e bacanais (as duas primeiras eram acumular fortuna e fazer o mal).

Väinämöinem, quando notou que Louhi havia ligado o sistema de videoconferência, berrou enfurecido para as mulheres que estavam em sua companhia:

– Fora daqui, imediatamente!

As garotas, conhecedoras da fúria do bruxo quando contrariado, trataram de sair rápido do quarto.

Vários amigos de Väinämöinem, políticos influentes de reputação invejável, juízes de grandes cortes, desembargadores, generais e até alguns presidentes, já haviam passado algum tempo a bordo deste iate para se fartarem nas monumentais orgias, que se estendiam ao longo dos dias e noites, e até por semanas inteiras.

Väinämöinem se levantou da imensa cama, caminhou até a jacuzzi e a ligou. Então, encheu uma taça com seu vinho predileto e exclusivo (nas festas que dava havia vinho de primeira qualidade, mas não incluíam o seu predileto). Sorveu um pequeno gole e, sentado na banheira, dirigiu-se ao Conselho:

– Minhas queridas sócias, trabalhando

enquanto me divirto?

Seu tom era sarcástico e sua gentileza escondia a maldade extrema dos seres das trevas, disfarçada em sorriso traiçoeiro. Suas parceiras sabiam disso, pois também dominavam com maestria a arte da dissimulação. Todas sorriram para ele numa saudação tão falsa que gelava a alma.

O bruxo ordenou:

– Vamos ao trabalho! Louhi, como estão se desenvolvendo nossas operações especiais nos Estados Unidos? Quando iremos começar as atividades programadas?

– Estamos dentro do cronograma e em menos de cem dias poderemos deflagrar o primeiro grande ataque ao Olympic National Park. Temos duas células infiltradas no parque, com seis militantes em cada. Nada impedirá o êxito do ataque fulminante e devastador, como nós todos e o mestre esperamos.

– Depois deflagraremos as operações nos outros santuários ecológicos – prosseguiu Louhi –, como o mestre determinou. Creio que grande vitória nos espera. Em todos os alvos, nossas células estão infiltradas há tempos. No momento, estão inativas e, por medida de segurança, serão acionadas somente quarenta e oito horas antes de cada ataque. Cada célula é independente e cada agente conhece apenas a parte que lhe cabe executar.

Fez uma pausa e continuou:

– Os integrantes de um grupo nada sabem a respeito das outras células, nem mesmo daquelas que irão atuar no mesmo local que eles.

Moveu-se na cadeira e explicou:

– Depois de morrerem algumas centenas de milhares de pessoas, o governo americano e de todos os países do mundo estarão aterrorizados frente a um vírus imune a todos antivirais existentes e sem nenhuma vacina eficaz na sua prevenção. Anunciaremos então nossa descoberta "milagrosa" e ganharemos bilhões de dólares vendendo o único remédio capaz de combater o novo vírus. Apenas nossas empresas estarão oferecendo vacinas para a prevenção da nova gripe, extremamente letal. Como bônus, receberemos o Nobel de Medicina pelas descobertas que salvarão a humanidade da nova peste. Além de mais ricos, seremos vistos como heróis!

– Mas, antes, vamos nos divertir vendo centenas de milhares de pessoas padecerem até a morte. Nossa produção de vacinas e antivirais está a todo vapor. Estamos trabalhando vinte e quatro horas por dia, sete dias por semana. Quando chegar o momento de anunciar o remédio da salvação e a vacina "dos céus", teremos quantidade suficiente para atender a demanda mundial. Podemos preparar contas bancárias para receber os bilhões, trilhões de dólares que virão de todos os países.

Väinämöinem gargalhou prevendo o prazer que obteria com o sofrimento humano. A carnificina a ser levada a cabo dentro de alguns dias seria maior que as mortes de todas as pestes da história. Väinämöinem perguntou:

– E o elemento especial, temos o domínio total de sua tecnologia, estamos aptos a produzi-lo em escala industrial?

– Claro que sim. Sem ele nossos ataques não seriam eficientes e nem atingiriam a magnitude que esperamos.

– Ótimo: tudo corre perfeitamente – arrematou o líder. O bruxo encerrou a reunião e chamou de volta suas garotas, para mais uma noite de prazer.

E assim amanheceu um novo dia na Lapônia, a terra do Papai Noel.

Sábado – 3h da manhã

Apartamento de Josh em Seattle

I

Josh acordou assustado com o toque do celular. Era o Coronel Khan:

– Desculpe por acordá-lo a essa hora, comandante. Encontramos uma boa pista e precisamos agir rápido.

Josh respondeu que iria ao comando central imediatamente.

Rae acordou neste momento e perguntou:

– O que foi Josh, algum problema sério?

– É da base, preciso ir para lá. Não sei a que horas retorno. Mas, não esqueça que amanhã vamos para Salem. Deixe tudo preparado para nossa viagem, por favor.

– Ok. Cuide-se, meu amor.

– Pode deixar, terei muito cuidado.

– Quer que eu faça um café?

– Não, obrigado. Vou parar em uma lanchonete para comprar um café e uns bolinhos. Comerei no carro.

Josh levantou-se rápido, vestiu-se e saiu para a base. Parou rapidamente no primeiro Dunkin Donuts que encontrou e logo seguiu seu caminho para a base. Chegando lá, encontrou Khan, que informou-lhe:

– Descobrimos que apenas duas empresas prestam serviços para o Olympic Park. E uma detém mais de setenta por cento de todas as atividades: é a Olympic Service. Inclusive, é a única que faz a segurança. Somente essa empresa contratou imigrantes nos últimos três anos; portanto, os terroristas infiltrados devem trabalhar nela.

– Chequei, e como não abrem aos sábados, enviei quatro homens à sede da empresa para sondar como é a segurança.

– Nossos agentes informaram que só tem dois vigias que guardam o local neste momento. Vou para lá com mais oito homens, para invadir o prédio e pegar os arquivos completos dos funcionários para serem investigados de forma detalhada. Com alguma sorte, conseguiremos também fotos deles. Os arquivos que obtivemos dos computadores da empresa não possuem fotos e as informações estão bem resumidas. Precisamos obter mais dados.

– Certo, vou com vocês.

– Desculpe, comandante, mas desta vez o senhor não pode nos acompanhar. Suas roupas especiais ainda não ficaram prontas e trata-se de uma ação bastante perigosa. Não temos detalhes do interior do local e há chances de haver mais guardas de segurança dentro do prédio. É possível que não tenham sido percebidos por meus homens; inclusive, pode haver terroristas entre eles. Não é prudente se arriscar. O comandante pode acompanhar toda a operação por meio das imagens das câmeras instaladas em nossos capacetes. Pode visualizá-las na sala de comando, se preferir.

– Tem razão, coronel. Acompanharei tudo daqui mesmo.

II

Khan saiu com mais oito homens em dois jipes e cinco motos. Em quarenta minutos, estavam nas imediações da sede da Olympic Services. Ao chegar, Khan contatou seus homens, que já se encontravam estrategicamente posicionados, e preparou-se para a invasão.

Primeiro, ordenou a dois dos guerreiros que haviam chegados com ele que imobilizassem os guardas de seguranças. Em seguida, os guerreiros deveriam vestir os uniformes dos vigias por cima de seus trajes e assumir suas posições para não chamar a atenção caso alguém chegasse. Embora aos sábados a empresa ficasse fechada, era melhor prevenir.

Dessa forma, começou a invasão. Em

poucos minutos, os dois seguranças da Olympic Service estavam fora de combate.

Foram amarrados, sedados, amordaçados e, por fim, deixados em um dos depósitos de armazenamento de lixo. Ninguém iria entrar lá até a segunda-feira, dia da próxima coleta de resíduos.

O próximo passo da operação foi neutralizar os alarmes, que não poderiam ser simplesmente desligados, já que eram monitorados remotamente por uma empresa de segurança. No entanto, isso não era problema para o sargento Hachiro Nobu Yamamoto, conhecido como Sargento Yamamoto, e suas engenhocas eletrônicas. Ele era um especialista em abrir fechaduras digitais e neutralizar alarmes, eletrônicos ou a *laser*.

O sistema de segurança da Olympic Service era bastante rudimentar, sendo fácil de invadir. Em um instante, o alarme estava fora de ação, embora continuasse a emitir sinais de normalidade.

O mesmo aconteceu com as câmeras de segurança, que passaram a enviar imagens gravadas em seus bancos de memória.

O caminho estava limpo. Khan deixou quatro homens fora do complexo da empresa para vigiar os acessos. Outros dois assumiram o lugar dos vigilantes e seis entraram com ele no prédio. Havia pouca luz no interior, mas como usavam capacetes com tecnologia de visão noturna, não tinham problema na movimentação. As microcâmeras que transmitiam a operação filmavam no escuro.

Josh e todos seus oficiais assistiam a operação nas dezenas de monitores da sala de comando. Podiam ver simultaneamente o que cada IB enxergava e, dessa forma, acompanhavam em tempo real todo o desenrolar da ação no prédio da Olympic Services.

Os homens de Khan portavam pistolas automáticas calibre 45 e metralhadoras portáteis com silenciadores. Quatro dos guerreiros traziam, além desse armamento básico, fuzis de longo alcance com mira a *laser* de alta precisão, luneta e silenciadores. Estavam preparados para praticamente tudo. Nenhum erro seria tolerado.

Tudo corria sem maiores transtornos.

Rápido como um felino, Khan chegou aos escritórios da companhia. Lá, teve acesso à sala de armazenamento dos documentos da empresa e começou a vasculhar os grandes armários de aço; por sorte, eles dispunham de fechaduras simplificadas, as quais Khan abria facilmente com a ajuda de tão somente um canivete suíço. Ele estava em busca dos arquivos pessoais dos funcionários.

Depois de quinze minutos de busca, achou o que procurava. Finalmente, havia chegado ao armário certo e ele era grande: a empresa possuía mais de quinhentos funcionários.

Pegou na sua mochila um laptop e o conectou ao um escâner portátil de alta definição. Começou a escanear os documentos, que eram simultaneamente enviados para os computadores da base. Como era muito papel, Khan iria precisar de tempo, não tinha como fazer uma seleção dos documentos ali no campo de batalha, precisaria enviar tudo para a base, lá então o pessoal especializado em informações iria analisar todos os documentos e descartar aqueles que não interessavam.

III

Os homens de Khan vigiavam fora do escritório, atentos ao menor movimento.

De repente, algo indesejável aconteceu e se tornou uma realidade perigosa. Um dos guerreiros, que monitorava a parte dos fundos do prédio, percebeu movimento e colocou todo o esquadrão em alerta. Khan, que ainda escaneava os documentos, foi avisado.

O coronel ordenou a um sargento que estava com ele que continuasse a escanear os arquivos. Saiu da sala e falou para um dos guerreiros dar cobertura ao homem que trabalhava lá dentro com o escâner.

Khan chamou os outros homens por seu comunicador e os reposicionou para poder cobrir a área do prédio em que se encontrava o grupo que havia sido detectado.

Aquelas pessoas inesperadas ocupavam um anexo do prédio principal e existia uma porta que ligava as duas construções.

Quem quer que fossem, eles não haviam notado a ação dos guerreiros invasores e conversavam e riam alto. Parecia que estavam preparando o café da manhã.

Dois homens do esquadrão da IB posicionaram, por debaixo da porta, uma microcâmera com microfone que era quase imperceptível e, assim, o que estava acontecendo na sala, na qual estavam os homens, pode ser monitorado.

Eram cinco homens e eles não conversavam em inglês. A Tenente Taisiya, que acompanhava a missão da base, logo identificou que se tratava de um dialeto ucraniano. Era uma língua antiga, falada apenas pela população das montanhas do norte do país. Uma pequena e inóspita região, separada da civilização por uma enorme cadeia de montanhas, dominada há séculos por bruxos mercenários.

Pela fisionomia dos homens e pelo dialeto raro que falavam, ela concluiu que poderiam ser na realidade bruxos mercenários. A tenente explicou a Josh e ao comando central que se aqueles homens fossem realmente os bruxos mercenários que ela imaginava que eram, estariam ali para um trabalho sujo, eram especialistas em extermínio e genocídio. Poderiam, com certeza, fazer parte do grupo de terroristas. Os homens de Khan precisavam ser cuidadosos, senão teriam problemas sérios com aqueles caras.

Certamente, não estariam desprevenidos e seria uma luta extremamente perigosa. Ela aconselhou a eliminação imediata de todos eles: seria perigoso tentar fazer prisioneiros.

As informações de Taisiya foram repassadas a Khan que decidiu ser prudente e informou:

– São cinco homens. Vamos eliminar pelo menos três deles e tentar fazer os demais de prisioneiros. Explodiremos a fechadura da porta.

Neste momento, os guerreiros colocaram silenciosamente uma pequena carga explosiva na porta. Afastaram-se um pouco e detonaram o dispositivo. A explosão foi mínima, direcionada e localizada tão somente na região que mantinha a porta trancada, para produzir pouco barulho, pois não queriam chamar a atenção nos prédios vizinhos. Mas a força do explosivo foi suficiente para desintegrar a fechadura, permitindo abrir a porta com um chute certeiro de um dos guerreiros.

Os cincos bruxos saltaram como felinos para suas armas, mas a ação de Khan e seus homens foi tão fulminante que conseguiu abater dois deles.

Seguiu-se um tiroteio pesado.

Os três sobreviventes usavam armas com silenciadores, como os homens de Khan, pois também não desejavam chamar a atenção.

O tiroteio foi intenso e, se não fosse pelos trajes especiais dos IB, alguns deles certamente teriam sido abatidos. Os terroristas atiravam sem parar: os pentes de balas de suas armas eram trocados com frequência. Eles, que pareciam estar bem preparados, com bastante munição à sua disposição, fugiram para a parte de trás do anexo, na direção dos fundos da propriedade.

No final do corredor, abriram um alçapão e pularam para um subsolo, provavelmente uma de suas rotas de fuga, que havia sido preparada para ser uma forma segura de se evadir do prédio em caso de uma emergência, numa situação de perigo como aquela.

Pelo caminho, estrategicamente escondidas por eles, existiam mochilas repletas de carregadores de balas extras e mais armamentos. Cada um dos três em fuga pegou uma dessas bolsas de armas e munições.

Realmente eram profissionais, sabiam o que faziam e haviam planejado bem suas rotas de fuga.

Khan e seus homens sequer pensaram e pularam atrás deles. Khan olhou sua bússola e percebeu que fugiam em direção do Oeste, onde havia uma floresta densa. Ordenou aos homens que estavam guardando a parte externa do prédio que se dirigissem para aquela posição e que cortassem a rota de fuga deles.

Precisavam detê-los a qualquer preço, pois se saíssem vivos dali poderiam causar grandes problemas. Os guerreiros se dirigiram imediatamente para a área indicada por Khan e chegaram justo quando os três terroristas tinham saído do subsolo. Para isso, os terroristas utilizaram uma passagem secreta, que dispunha de um pequeno túnel com uma saída logo depois dos muros que cercavam toda a área da Olympic Service.

Quando os guerreiros de Khan em suas motos chegaram ao local, os três terroristas fugitivos estavam correndo por um descampado em direção de algumas rochas grandes e logo depois começava a floresta.

Um dos quatro guerreiros destacados por Khan para aquela interceptação já se encontrava bem posicionado naquela área desde o início da invasão; ele abriu fogo com seu fuzil e abateu um dos mercenários com um tiro na cabeça, ferindo outro na coxa, que caiu urrando de dor. Seu amigo, ao vê-lo ferido, voltou e o auxiliou.

Continuaram mais alguns poucos metros e conseguiram alcançar as rochas, onde ficaram protegidos dos disparos dos homens de Khan.

Junto dessas pedras havia motos bem camufladas, escondidas por eles para serem utilizadas em caso de uma fuga. Os dois as pegaram e saíram em disparada pelo interior da floresta, ainda fora do alcance dos disparos.

Os guerreiros que perseguiam os mercenários avisaram a Khan e saíram em perseguição aos terroristas.

Embora fossem quatro guerreiros contra dois mercenários, não seria tarefa fácil capturá-los, pois a rota seguida pelos terroristas era extremamente difícil, cheia de pedras, rochas, morros, riachos e atoleiros.

As motos dos IB eram mais potentes, rápidas e preparadas para as trilhas radicais, mas os terroristas eram exímios pilotos e conheciam melhor a rota de fuga, o que tornou a perseguição implacável.

Os motoqueiros não se importavam com riscos e perigos. Todos eram preparados para matar ou morrer.

Depois de algum tempo subindo e descendo morros, saltando por sobre árvores caídas, destrinchando caminhos de rochas perigosas e escorregadias, passando por riachos; enfim, seguindo as trilhas criadas pela própria natureza, os bruxos mercenários se separaram e seguiram por rotas diferentes.

Os homens de Khan fizeram o mesmo e continuaram firmes atrás de seus alvos. No entanto, em pouco tempo, o terrorista ferido na coxa cometeu um erro e caiu depois de bater em um tronco de árvore. Rolou por uma ribanceira, caiu dentro de um riacho e desmaiou. Os dois guerreiros que o perseguiam pularam em cima dele e logo o imobilizaram. Levaram-no morro acima para o local em que estavam as motos. Em seguida, comunicaram ao coronel a façanha e solicitaram ajuda.

No jipe havia uma maca e Khan ordenou a outro guerreiro que a levasse ao ponto onde se encontrava o prisioneiro.

Deste modo, poderiam puxá-lo por uma das motos. Khan recomendou:

– É imperativo que ele chegue vivo à nossa base, para poder ser interrogado.

IV

A perseguição ao outro terrorista continuava e não estava sendo fácil capturá-lo. A dupla de guerreiros era incansável e pretendia detê-lo de qualquer forma. Algum tempo depois, o terrorista cometeu seu primeiro e fatal erro – em uma curva fechada, num terreno estreito ao lado de um despenhadeiro, perdeu o controle da moto e despencou no precipício. Só se pôde ouvir o barulho da explosão da moto quando esta se estraçalhou no final da queda do penhasco. Logo depois da moto, o corpo do terrorista também se espatifou no fundo de pedra do penhasco.

Os guerreiros que o perseguiam avisaram Khan do ocorrido e foram instruídos para descer e constatar a morte do terrorista. Então, deveriam resgatar o corpo para não deixar rastros. Os corpos dos outros terroristas abatidos estavam ensacados e dentro dos jipes.

Cumpriram suas ordens: um deles desceu, utilizando-se de cordas e outros apetrechos de rapel que estavam na caixa de utensílios de cada uma das motos dos IB. Amarrou firme o corpo com a corda, subiu e ajudou seu parceiro a içar o cadáver. Depois, o amarraram de bruços no banco traseiro da moto e retornaram. Enquanto voltavam, os outros guerreiros trataram de limpar o prédio da Olympic Services. Neste processo, os homens de Khan forjaram um roubo, bagunçando todo o ambiente, e executaram uma tentativa de arrombamento do cofre de valores da empresa. Mas, não levaram nada. De fato, não era uma cena perfeita, apenas razoável o bastante para parecer verossímil. Era o que se podia fazer diante das circunstâncias. Algumas perguntas ficariam sem respostas para os investigadores, mas com certeza não relacionariam a invasão e as marcas de tiros com os IB. Só restava saber como iriam agir os outros terroristas; isso se veria mais tarde. Depois de ter todo seu grupo reunido, com o prisioneiro em suas mãos, Khan retornou imediatamente à base, onde era esperado por Josh. Chegando, levou o prisioneiro para uma área privada, especialmente preparada para interrogatórios, na qual seria inquirido por especialistas.

Prisioneiro

I

Josh perguntou a Khan, preocupado, pois não conhecia o modo de agir dele:

– Como vão arrancar as informações que precisamos? Irão utilizar tortura e violência?

– Claro que, não! Isso está ultrapassado: é coisa de sádicos. Métodos violentos não são mais necessários. Atualmente, dispomos de produtos químicos que fazem qualquer um contar tudo o que sabe.

Josh se tranquilizou e disse:

– Ainda bem! Isso me deixa aliviado. Cuide de tudo, coronel. Vou para casa, amanhã irei com minha esposa e a Tenente Taisiya para Salem. Retornaremos à noite e virei para a base assim que chegar.

– Certo, comandante, boa viagem!

Khan ficou por ali pensando e falou para si mesmo:

O "coquetel" utilizado para arrancar a verdade de prisioneiros tinha como base Psycotrium e Mântrius e mais um conjunto de outros fármacos em doses pequenas, que, na verdade, acabavam por destruir a memória das pessoas interrogadas. Depois de algumas sessões, elas não sabiam mais nada do passado, pois sofriam uma lavagem cerebral. Assim, no final das longas e ininterruptas sessões, não representavam mais perigo algum e poderiam até serem soltas. Khan acreditava que terrorista bom era terrorista morto. Não confiava plenamente em lavagens cerebrais. Mas, se especialistas diziam que era seguro, deveriam estar certos. Para ele, não fazia diferença matar mais um. Tinha passado sua vida matando nas guerras, por motivos tão diversos e até mesmo por dinheiro: matar não importava mais.

II

      Nesse torvelinho de divagações, Khan não teve como evitar e seus pensamentos voltaram há trinta e cinco anos, quando ele tinha quatorze anos e era um adolescente no seu país. A Mongólia, subjugada pelo governo comunista da União Soviética, sofrera muito. A URSS queria, a qualquer custo, apagar todos os vestígios da influência religiosa tibetana e das lembranças centenárias do império chinês da mente dos mongóis.

      Por uma infelicidade geográfica, lembrou-se Khan, a Mongólia fica espremida entre a Rússia, ao norte, e a China, ao sul, ou seja: as duas grandes potências comunistas na época.

Por esse motivo, depois de declarar sua independência da China, pela qual foi dominado por séculos, o país acabou caindo sob a influência dos russos.

Entretanto, uma minoria no sul preferiu se manter fiel aos chineses, desafiando assim o governo soviético.

O pai de Khan era o líder nessa região e se opunha ferrenha e pacificamente ao controle do governo soviético, buscando a emancipação das províncias do sul e sua adesão ao governo popular da China comunista.

A Guerra Fria estava no auge e o governo soviético resolveu abafar com rigor e violência as pretensões dos povos do sul da Mongólia. Na verdade, pretendiam dar uma demonstração de seu poderio armamentista tanto para China como para os Estados Unidos.

Khan recordava-se com muita clareza e, acima de tudo, com ódio. Foi um episódio que o traumatizou e marcou sua vida para sempre – e o transformou num mercenário.

III

Era domingo numa aldeia de camponeses na província do sul. Khan morava com os pais, os dois irmãos mais velhos e as duas irmãs, uma de dezesseis anos e a outra de dezoito anos.

Naquele ano, o inverno estava sendo rigoroso. Uma brigada de tanques e carros blindados soviéticos chegou à aldeia. Estacionou na rua central e um oficial mandou seus homens reunirem todo o povo na praça. Entraram nas casas, arrastaram os moradores, inclusive a família de Khan.

Ele escapara, porque caçava coelhos nos arredores da vila, mas correra para aldeia ao ver a brigada chegando.

Khan assistiu a tudo o que se passou. Estava escondido e tremendo de medo.

Foi encontrado por um monge amigo de sua família, que também estava fora da aldeia, pressentira o perigo iminente e se mantivera escondido, tal como Khan havia feito.

O monge foi com Khan sorrateiramente para o interior da aldeia; ambos se esconderam no porão de uma das casas que já havia sido invadida e revistada pelos russos da brigada de blindados. A casa se situava na rua central do povoado e, por uma janela, podiam ver tudo o que acontecia na praça da pequena vila.

O nome de seu pai, da sua mãe, de seus irmãos e suas irmãs foi chamado, inclusive, o dele.

A família se apresentou ao capitão no comando. Faziam parte de numa lista entregue ao oficial por um dos moradores "amigo" de seu pai.

Sua família fora denunciada como traidora do regime. Achavam que eram espiões dos chineses – mas isso não era verdade.

O oficial ordenou a prisão de seu pai e alguns soldados o espancaram brutalmente. Depois, o despiram e o amarraram a um poste. Ficara exposto sob a pesada neve que caía – o frio era intenso. Seus irmãos tentaram reagir e defender o pai, mas foram sumariamente executados com tiros de pistola na nuca, de joelhos, em frente da família.

Ainda não contente, o oficial mandou que arrancassem as roupas de sua mãe e de suas duas irmãs, deixando-as inteiramente nuas perante seu pelotão, com homens que há tempos não viam mulheres. Ordenou aos homens que fizessem fila e permitiu o estupro sucessivo das três na frente do povo da vila. Depois, foi até seus corpos nus e as executou sumariamente. Seu pai, ainda amarrado no poste, assistiu a tudo, desesperado. Deixaram-no ali para morrer de frio, sendo guardado por um tanque e sua guarnição.

Khan assistiu a tudo, sem poder fazer nada. Foi contido o tempo todo pelo monge, que o impediu de correr para a praça em socorro de sua família.

No outro dia, seu pai havia morrido, os tanques se retiraram e o traidor foi feito chefe da aldeia.

A primeira morte causada por Khan foi desse delator covarde e mentiroso. Ele preparou, durante dias e dias, uma faca especial e o matou numa noite, quando ele voltava para casa. O homem urrava feito um porco, enquanto Khan o furava inteiro.

A segunda morte foi do oficial da brigada de tanque. Khan o procurou durante meses, vagando por toda a Mongólia e pela fronteira russa. Um dia, o encontrou bebendo num bar de prostitutas. Esperou que ficasse bêbado e quando ele foi para o quarto com uma das mulheres, Khan o pegou com a mesma faca com que tinha matado o traidor. Estraçalhou o infeliz, mas, antes de matá-lo, o capou.

Depois dessa execução, fugiu e foi para a China, onde ingressou no Exército Vermelho e recebeu treinamento de soldado.

Como era esperto, Khan estudou e entrou no serviço de inteligência chinês, onde aprendeu tudo que sabia na arte de espionar, combater e matar friamente.

Cansado do governo comunista, fugiu para Europa. Chegou à França, ingressou na Legião Estrangeira francesa e foi lutar na África. Nunca mais parou de lutar e matar.

Para ele, depois da segunda morte, matar nunca foi problema.

Agora, com quarenta e nove anos, se sentia velho para o ofício de soldado mercenário. Havia decidido se aposentar aos cinquenta anos e a caçada a esses terroristas seria sua derradeira batalha...

IV

Khan despertou de *sua triste viagem* ao passado quando o tenente alemão, Dieter Geeter Marcell, Tenente Marcell, o especialista em interrogatórios, o chamou, avisando que o prisioneiro estava pronto. O médico da base havia cuidado de seu ferimento na perna e dera-lhe a primeira dose do "Coquetel" – o cara estava pronto para falar.

Seria uma longa sessão até se chegar ao ponto de se ter certeza que o homem falava apenas a verdade. Certamente, levariam a noite toda, talvez o interrogatório se estendesse até ao dia seguinte.

Alguns homens resistiam por dois ou três dias, mas, no final, sempre falavam a verdade. Marcell era um dos mais competentes do mundo para fazer isso. Na realidade, era um trabalho extenuante e, depois de iniciado, não podia ser interrompido.

Khan informou a Marcell:

– Ok, em poucos minutos estarei no setor de interrogatório. Tomarei um café, pois sei que a noite será muito longa.

E assim foi: a noite passou e o prisioneiro resistia. Lá pelas quatro da manhã, o Coronel Khan foi dormir um pouco e deixou o tenente Marcell com dois sargentos assistentes.

O prisioneiro era homem duro na queda, resistia firme. Mas a fibra dele mais cedo ou mais tarde se quebraria.

Às sete da manhã, Khan retornou e observou que o homem ainda estava forte, determinado e difícil de ser vencido. Teve certeza de que o domingo seria pouco e que mais uma noite seria necessária.

V

Pouco antes das oito da manhã, Josh estava no aeroporto e, antes de embarcar num jatinho particular, enviado pelo presidente do conselho, ligou para Khan. Desejava saber se o prisioneiro havia falado. Khan respondeu-lhe:

– Não. É um homem decidido a manter a boca fechada. Avisarei quando tiver novidades.

Josh, Rae e a Tenente Taisiya embarcaram com destino a Salem, para falar com o presidente da Confederação das Ligas de Bruxos e Bruxas. Aterrissaram no aeroporto Logan, de Boston, pouco depois do meio-dia.

Um carro com motorista os aguardava e foram imediatamente para Salem. Quarenta minutos depois, chegaram a uma suntuosa mansão. Tratava-se da casa do bruxo Borya Gregori Tsetsilya, pai de Taisiya.

À porta, foram recebidos por uma senhora ucraniana, com sessenta anos, Ira Anzhela, que abraçou Taisiya demoradamente. Tinha sido sua babá, praticamente sua mãe. Taisiya ficara órfã ao nascer e, desde então, Ira cuidara dela. Taisiya perguntou-lhe:

– Onde está o Nana[31]?

– Está na varanda dos fundos, olhando o mar e tomando um vinho. Espera ansioso por sua chegada e de seus amigos.

Taisiya a corrigiu:

– Este é meu comandante e sua esposa.

Dessa forma, preservava, pelo menos na frente de Rae, a frieza da hierarquia militar. Dentro do seu coração estava perdidamente apaixonada por seu superior e sonhava em cair em seus braços, rolar com ele na cama em noites ardentes de amor. Havia notado que ele olhava seu corpo, suas pernas e seus seios com desejo. Disfarçava, mas não escondia sua atração – ele a queria também.

Taisiya perguntava a si mesma porque a insuportável da mulher de Josh os acompanhava nesta viagem a Salem. Havia planejado tudo: depois do almoço e da conversa com o pai, convidaria Josh para um passeio de iate para conhecer a costa. No mar, mudaria o rumo até uma ilha paradisíaca. O barco já estava preparado para zarpar. Na ilha, os dois estariam sozinhos, acompanhados apenas por uma boa champanhe gelada.

Definitivamente, Josh não resistiria a

31 Forma carinhosa com a qual os soviéticos tratam o pai.

seus encantos. Com certeza transariam por várias vezes, até que não tivessem mais forças e energia...

A esposa só atrapalhava seus sonhos. No entanto, era apenas uma questão de tempo: na primeira chance que tiver, ela com certeza se entregará aos seus desejos ardentes.

Rae, enquanto caminhava ao lado de Taisiya, embora disfarçasse, havia percebido as investidas da ucraniana; percebera as insinuações dela durante a viagem.

Notou que a mulher, quando conversava com Josh sobre a missão, no jatinho, sempre dava um jeito de abrir as coxas de forma a aparecer sua calcinha. Trajava um vestido curtíssimo e sempre aproveitava as oportunidades para tocar em seu marido. Mais parecia uma cadela no cio se oferecendo sem pudor. Certo momento, quase enfiou os seios na boca de Josh, quando fingiu tropeçar.

Rae pensava:

- Pego essa vadia que está doida para se atracar com Josh. Ela pensa que me engana. Ainda bem que vim nessa viagem, senão essa vagabunda teria transado com ele no jatinho mesmo. Ela não perde por esperar: eu acabo com essa safada em dois tempos!

As duas mulheres trocavam olhares e

falsos sorrisos, mas por dentro ferviam de ódio. Apenas mantinham as aparências.

VI

Quando chegaram à varanda, Taisiya correu e abraçou seu pai, que a beijou no rosto e ele lhe deu boas-vindas em russo.

- **Его присутствие в нашем доме, заставляет мое сердце счастливым!**[32]

Ela respondeu em inglês:

- Minha alma transpira felicidade e amor quando está na sua presença, Nana!

- Gostaria de apresentar Joshua e sua esposa, Rachel.

Borya cumprimentou os dois, dizendo-lhes:

– Sejam bem-vindos a nossa casa, é um grande prazer receber os amigos de minha filha Taisiya!

E disse sorrindo a sua filha, em russo:

– **Я думаю, вам не понадобится лодка во второй половине дня...**[33]

Taisiya sorriu e disfarçou. Ainda bem que

---

32 Sua presença em nossa casa faz meu coração feliz!

33 Acho que você não irá precisar do iate essa tarde...

Rae não falava russo e não podia entender o humor sarcástico do bruxo.

Os quatros foram para o jardim, que ficava ao lado de uma piscina com uma vista maravilhosa do oceano. Sentaram-se à sombra refrescante de um toldo vermelho, sob o qual havia uma mesa com alguns aperitivos. Havia também um balde com gelo e várias garrafas – vinho e champanhe. Logo, um garçom apareceu para servi-los.

Taisiya pediu para abrir a champanhe e brindaram o encontro. Josh fez menção de iniciar o assunto que os trazia até ali, mas a tenente percebeu e sussurrou a seu ouvido, instruindo-o a não falar; deveriam deixar as conversas sérias para após o almoço. Este era o costume ucraniano. Seu pai era tradicional e, deste modo, respeitava a etiqueta. Do contrário, poderia se ofender e não querer conversar mais. Josh entendeu e se calou.

Ficaram conversando amenidades por mais de uma hora, até que Ira avisou que o almoço estava servido no salão principal. Foram todos para lá e se depararam com uma comida divina, que enchia os olhos, por assim dizer. Parecia deliciosa. Eram tantos pratos que nem sabiam por qual começar – um verdadeiro banquete.

Josh comentou:

– Bela recepção, seu pai é um ótimo anfitrião!

Após o almoço, os quatros se dirigiram à biblioteca. Ira surgiu, serviu conhaque e saiu.

Borya começou a falar:

– Minha filha antecipou-me o motivo da visita a minha casa. E, para ganhar tempo, pois sei que vocês dispõem de poucos dias, já fiz alguns contatos com velhos amigos. Não se preocupem, não revelei nada da missão.

– Liguei para agentes secretos infiltrados na facção de bruxos do mal e tenho certeza de qual grupo está por detrás desses atentados: Väinämöinem, o finlandês, e suas sócias, Louhi, Hécate, Maeve, Mohine, Circe, Zoraida, Rebeca e Samantha.

– Se investigarem o império deles, verificarão que detêm complexos de laboratórios de medicamentos e de engenharia genética. Vocês poderão comprovar isso facilmente.

Interessado nas informações, Josh perguntou-lhe:

– Como você pode ter certeza?

– As sócias de Väinämöinem são vaidosas...

– Elas adoram e se divertem em se

vangloriar de seus feitos maléficos. Uma delas, Louhi, acabou falando demais e um assunto secreto caiu nos ouvidos de um dos meus agentes, seu amante preferido. Depois de algumas taças de vinho, soltou a língua e falou de uma grande carnificina que levariam a cabo, embora não revelasse o que era e quando seria.

Borya continuou:

– Investigo as atividades deles há anos, eles tramam há muito tempo derrubar minha dinastia do comando da Confederação das Ligas de Bruxos e Bruxas (o velho bruxo era vaidoso e se colocava numa posição de um "Poderoso Imperador", talvez o "O Imperador das Trevas", do reino negro e macabro das bruxarias e sentia seu poder ameaçado pelo poderoso bruxo da Finlândia; com certeza, travavam uma longa e duradoura batalha pelo poder; pelo menos, foi essa a percepção de Josh em relação ao bruxo, pai de sua comandada).

– Até então – continuou Borya –, não havia nada de concreto contra eles, só indícios de que estavam se preparando para uma grande atividade em nível mundial. Eu acreditava que fosse algum grande negócio escuso especialmente lucrativo e, como sempre, muito sujo, tais como exploração de mão de obra escrava, tráfico de escravas brancas ou mesmo de prostituição infantil – o grupo do finlandês domina essas atividades por todo o planeta e faz isso com extrema competência.

– Pensava que eles estavam atrás de grandes maldades em suas áreas tradicionais de atuação; nunca passou pela minha cabeça nada a respeito de atentados terroristas.

– Quando minha filha me falou a respeito da sua missão, Josh, mesmo que essa conversa tenha sido apenas superficial, uma luz se acendeu na minha cabeça e tudo ficou claro e límpido, tal qual a água das geleiras milenares da Finlândia.

– Disponho de grande quantidade de bruxos infiltrados. Infelizmente, o amante de Louhi, meu colaborador, foi descoberto e eliminado. Depois disso, Väinämöinem adotou medidas mais severas de segurança e Louhi passou a ser mais cuidadosa na seleção de seus amantes; adotando, também, o hábito de ficar com a boca fechada.

- Quando minha filha relatou os perfis dos terroristas e a magnitude dos ataques, liguei uma coisa à outra. Ficou claro que Väinämöinem e suas bruxas eram os cabeças dessa loucura. Posso lhe oferecer uma ajuda preciosa, que vai comprovar minhas denúncias.

Vendo que Josh o ouvia com atenção,

continuou, esclarecendo:

– Como disse, investigo o finlandês há tempo. Sou um general do antigo exército soviético, passei para a reserva quando meu país, a Ucrânia, se separou da Rússia. Na ativa, fui o criador de toda a rede russa de satélites espiões. Comandei esse departamento por décadas e tenho bastante influência por lá. Há cerca de dois anos, pedi a uns antigos colaboradores para colocarem a órbita de um dos satélites espiões passando pela região dos laboratórios dos finlandeses, para monitorar as atividades das empresas dele.

– Mandei criar um banco de dados na nossa Confederação, que dispõe de uma infinidade de fotos aéreas precisas de todo complexo industrial do bruxo, feitas diariamente com intervalos de seis horas.

– Acredito que essas fotos poderão mostrar muitas informações preciosas a seus especialistas. Minha filha sabe como acessar o banco de dados e pode transferir os arquivos para os computadores da sua base. Autorizo o acesso, tudo está disponível para vocês, quero colaborar amplamente com sua missão. Investiguem os negócios do finlandês: vocês irão chegar a muitas respostas.

Josh agradeceu a colaboração espontânea

de Borya e solicitou a sua filha para fazer a transferência das informações imediatamente para a base em Seattle.

Ela também deveria instruir os especialistas para darem prioridade máxima na análise desses dados. Josh deveria receber um relatório minucioso quando chegassem, à noite, de volta a Seattle. A bruxa saiu da sala para cumprir a ordem.

Josh perguntou a Borya:

– Você irá colocar esse assunto dos ataques terroristas perante sua Confederação de Bruxos?

– Não, lá tem gente que gosta de Väinämöinem e as informações irão parar nos ouvidos dele imediatamente. Não tenho dúvidas disso, há inúmeros traidores na nossa Confederação. São bruxos gananciosos, ávidos em encher seus bolsos de ouro e o finlandês pagaria uma fortuna por informações quentes como essas. Esse assunto não poderá sair dessa sala.

Josh interrompeu:

– Fico aliviado com isso! Precisamos manter nossa missão em segredo absoluto e, para isso, conto com sua preciosa colaboração, em todos os sentidos, em especial no tocante ao sigilo total de nossa luta.

– Fique tranquilo, Josh, nada irá sair dessa sala e pode contar com minha discrição; sua luta é minha luta também!

Borya continuou sua explanação:

– Tenho amigos importantes no comando dos exércitos russos, ex-companheiros do antigo exército soviético e que hoje estão situados em unidades fora da Rússia. Por dinheiro, podem ajudar em suas operações. Existe a possibilidade de colocar à sua disposição, Josh, qualquer tipo de força que precisar para eliminar o grupo de Väinämöinem: aviões, navios, submarinos, armamentos, munições, espiões, serviço de satélites e mísseis.

– Claro que artefatos nucleares, não; mas o resto, é só pagar e solicitar. Meus amigos fazem o *delivery* para você em qualquer parte do mundo.

– Os meios de transporte seriam cedidos por um curto período, já que precisariam voltar para as bases. Na realidade, tudo que você precisar pode ser cedido. Trata-se apenas de uma questão de preço. Basta que converse com minha filha, pois ela sempre sabe onde me encontrar.

– Sei que sua missão deve ter fundos para isso, é claro. O Comandante deve ter amigos poderosos e ricos.

Josh riu e disse:

– Dinheiro não é problema!

Josh agradeceu o auxílio de Borya, mas, no fundo, sentiu sua alma gelar, pois percebeu que o bruxo farejou possíveis vantagens econômicas. Sabia que, como bruxo, era ganancioso e, sem dúvida, estava atrás de muito dinheiro. Poderia estar ligado, de alguma forma, à máfia da Ucrânia e ao tráfico internacional de armas. Sua filha, Taisiya, parecia ser farinha do mesmo saco. Naquele momento, Josh sentiu muito medo, estava incomodado por estar de alguma forma nas mãos de Borya, mas não havia outra saída: a aliança com o velho bruxo e sua filha era imprescindível para a missão, um mal necessário, mas que teria que ser cortado pela raiz o mais breve possível.

De qualquer forma, a viagem tinha sido boa, a informação do bruxo Borya era quentíssima e agilizaria as ações da Immortal Brigade. Se fosse possível checar rapidamente o grupo do bruxo finlandês, ganhariam vários dias. Se Khan tivesse feito o terrorista capturado falar, seria melhor ainda.

VII

Josh não perdeu tempo e ligou para Khan assim que saiu da casa de Borya. Passou o nome do bruxo finlandês e o nome dos laboratórios dele.

Ordenou que os agentes especialistas em inteligência imediatamente levantassem todas as informações possíveis junto às agências de inteligência mundiais. Todos os órgãos confiáveis possíveis de serem contatados deveriam ser utilizados. A inteligência da IB deveria se utilizar de agentes duplos, amizades, subornos e até mesmo invasão de computadores: tudo era justificável, já que a vida de centenas de milhares de pessoas estava nas mão deles.

Tudo dependia da rapidez com que conseguissem validar e cruzar os dados. No telefonema, Josh avisou que assim que chegasse a Seattle iria com Taisiya para a base. Perguntou a Khan se havia conseguido as informações do prisioneiro; ele respondeu que não.

Algumas horas depois, o jatinho aterrissava no aeroporto de Tacoma-Seattle. Josh pegou seu carro no estacionamento e passou em seu apartamento, para deixar Rae. Na porta do elevador, Rae declarou suas suspeitas:

– Josh, não gostei dessa bruxa, tampouco

do pai dela. Para mim, o pai não passa de um mafioso em busca de ganhar dinheiro fácil e não está nem um pouco preocupado com as pessoas que podem morrer com esses atentados.

Ele respondeu-lhe:

– Não acreditei em nada do que eles falaram sobre ajudar, mas deram boas pistas para nós. Tive a mesma impressão que você. Não confio no Borya. Mas, por ora, ele está sendo útil e as informações foram preciosas, uma vez que irão facilitar muito nosso trabalho.

Rae continuou:

– Da mesma forma, não confio na filha dele, acho-a tão falsa quanto o pai. Tome cuidado; esta tenente é traiçoeira. É uma víbora que pode morder seu pé. Além disso, ela está dando em cima de você descaradamente. Mais parece uma vagabunda, pronta para abrir as pernas para qualquer macho e você está próximo das garras dela.

– Ela é bonita, sedutora, mas é fatal também. A impressão que tenho é que ela pode matar depois de satisfazer seus desejos e saciar sua ambição desmedida de riquezas e poder. Pude perceber isso nos olhos dela. Cuide-se, tenha juízo, veja bem o que vai aprontar!

Josh riu e foi dizendo:

– Rae, você está com ciúmes, por isso tem ódio de Taisiya. Até agora ela demonstrou ser fiel.

– Fiel a quem? A você, ao pai, ao seu chefe, à causa do bem ou à ambição dela? O que você pode me garantir?

– Ela é uma *expert*, ex-agente da KGB.

Rae, irritada com a defesa de Josh, ainda argumentou:

– Uma espiã da KGB! E quem garante que ela não continua a trabalhar para seus antigos chefes? Abra os olhos com essa bruxa.

– Pode deixar. Manterei os olhos bem abertos quando estiver perto dela.

Josh beijou Rae, voltou ao carro e dirigiu-se à base.

O mistério começa a ser desvendado

I

Josh e Taisiya chegaram à base às dez da noite do domingo e foram direto à sala de comando para falar com Khan, que os esperava ansioso. O Coronel falou:

– Temos novidades sobre o cruzamento das informações.

Entraram na sala onde se encontrava o tenente Yoav, que informou a Josh:

– O nome do bruxo finlandês é uma pista quente. As empresas dele estão no topo da nossa lista de cruzamento.

Yoav foi apresentando, na tela do computador, alguns mapas e gráficos, enquanto explicava com detalhes cada um deles.

– Por sorte, os laboratórios deles estão realmente na rota de prospecção dos satélites russos. Conseguimos fotos aéreas impressionantes de toda a região em que se encontra o conglomerado empresarial dos bruxos.

– Especialmente as fotografias dos últimos dois anos mostram um crescimento espantoso de toda estrutura de construções e um aumento dos terrenos que seus complexos passaram a ocupar. Na verdade, muito acima do crescimento declarado da sua produção industrial ao governo da Finlândia. A área construída dos laboratórios de engenharia genética e de produção de vacinas e antibióticos cresceu acima de vinte vezes em relação ao declarado, isto em apenas dois anos.

– Mas, a produção oficial, como você pode ver nesse gráfico, cresceu apenas oito por cento ao ano. Observe essas fotos do satélite.

Ele foi abrindo na tela fotos com as datas em que foram feitas, com um espaço de três meses entre elas, e foi apontando as diferenças – fácil de serem percebidas, mesmo para leigos.

Josh argumentou:

– Realmente, é impressionante, eles cresceram demais. Devem estar planejando um colossal aumento na produção.

– Outra coisa, voltou a falar Yoav, veja essas fotos dos últimos quatro meses!

Yoav mostrou alguns conjuntos de fotos de um mesmo dia e de vários dias da mesma semana, explicando:

– Está acontecendo grande atividade em todo complexo, vinte e quatro horas por dia, nos sete dias da semana. Há fotos mostrando as trocas de turnos a cada oito horas. Portanto, devem estar trabalhando a todo vapor e produzindo muito.

Mas observe os setores de carga e de despacho de produtos, elas refletem uma movimentação normal de entrega. Isso demonstra que estão estocando a maior parte da produção.

- De forma diversa, o local de recebimento de matérias-primas apresenta um movimento extraordinário, fora do comum.

Yoav continuou:

– Rastreamos as operações financeiras do grupo, as contas bancárias e analisamos os relatórios financeiros e fiscais, incluindo as contas bancárias pessoais dos diretores. Podemos constatar: é surpreendente e fabulosa a quantidade de dinheiro que saiu das contas pessoais e pouco depois foi depositada nas contas dos laboratórios.

– O mais incrível ainda é a rapidez com que todo dinheiro é gasto em matéria-prima, pagamento de pessoal e investimento em novos equipamentos, máquinas e construções. Estão gastando todas as reservas financeiras pessoais e da empresa em todo mundo.

– Os ativos estão sendo transformados em dinheiro, que está sendo investido nos laboratórios. Certamente, estão enfiados até o pescoço em atividades atípicas para os padrões das empresas que eles controlam.

– Parecem desesperados. Com base nessas informações e nas fotos dos satélites, podemos deduzir com segurança e com margem mínima de erro que eles são os líderes dos futuros ataques terroristas.

– Estão se preparando para vender uma grande quantidade de produtos, provavelmente remédios e vacinas – e eles têm certeza que a demanda será fantástica. A aposta deles nisso é alta e devem saber o que fazem.

Com ar severo, Josh questionou Yoav:

– Precisamos ter certeza, Yoav.

– Quando O'Neill volta com os comanches? – perguntou Josh para Khan.

– Falei com ele hoje: amanhã ele estará aqui.

– Prepare três esquadrões para ele, solicite transportes e tudo que for necessário – ordenou Josh.

– Quero O'Neill indo à Finlândia amanhã mesmo. Precisamos checar as operações do grupo de Väinämöinem. Peça para nossos agentes de inteligência para localizarem o bruxo Väinämöinem. Os movimentos dele e de suas sócias precisam ser monitorados dia e noite. Vamos colar nesse bruxo e nas bruxas. Mais cedo ou mais tarde, irão dar algum passo em falso que poderá nos levar às armas biológicas.

Em seguida, Josh perguntou:

– O prisioneiro já falou?

– Sim, sabemos que existe mais um integrante na célula a que ele pertence e quem é ele. Mas, está foragido. Ele desapareceu depois que invadimos a Olympic Service.

– Nosso hóspede nos contou ainda que receberão as armas biológicas quarenta e oito horas antes do ataque. Estamos tentando localizar o sexto terrorista da célula. Ele evaporou depois que pegamos os outros, mas deve estar escondido no parque ou nos arredores. Encontraremos o cara mais cedo ou mais tarde. Outro detalhe informado pelo prisioneiro no seu interrogatório é que serão duas células terroristas com seis integrantes cada no ataque ao Olympic Park.

– Bom trabalho – disse Josh –, ótimas informações. Avise-me quando conseguirem colocar as mãos no foragido. Alguma novidade sobre o terceiro elemento?

– Não – respondeu Khan. – Ainda estamos na estaca zero em relação a ele. Este terceiro elemento parece um enigma!

Josh voltou a falar:

– Khan, apresente um relatório completo do interrogatório do prisioneiro amanhã, detalhando as palavras dele. Quero saber de absolutamente tudo dessa confissão.

II

Josh se retirou da sala de comando, foi para seu quarto na base e deitou-se por algum tempo para descansar. Acordou assustado, porque sentira a presença de alguém no ambiente. Pulou rápido da cama. Percebeu, então, que era Taisiya que estava ali no escuro, perto da cama e totalmente nua.

Ela era linda!

Cabelos loiros compridos, seios grandes, fartos, rígidos e empinados. Alta, esguia e tinha um par de coxas maravilhoso. A bunda também era volumosa, mas durinha. Um esplendor de mulher parada ali à sua frente, pronta para ser possuída e deveria ser realmente deliciosa!

Josh não podia negar que cobiçava aquela linda mulher, ou melhor, desejava e sonhava com ela.

Quando chegava perto dela, não podia deixar de ter os pensamentos mais eróticos e o desejo tomava conta de seu corpo.

Ela veio caminhando para o lado da cama,

estendeu sua mão para Josh e ele a puxou para perto de seu corpo, se abraçaram e se beijaram desesperadamente; ele então a possui loucamente. O desejo tomou conta dos dois, os corpos ardiam feito brasa. A loira se enroscou como uma serpente em seu macho e o cavalgou feito uma insana. Gemia como uma fêmea no cio e ele a penetrou com um desejo intenso que parecia nunca acabar. Os dois tiveram uma explosão de orgasmos simultâneos, que lhes pareceu que havia durado uma eternidade. Depois de algum tempo, extenuados, dormiram enlaçados por algumas horas. Quando Josh acordou, Taisiya não estava mais a seu lado. Então, levantou-se, tomou um banho, vestiu-se e foi tomar o café no refeitório.

Quando chegou, Taisiya estava em uma das mesas, sorriu e o cumprimentou com uma saudação formal. Nem parecia que há poucas horas estavam na cama se consumindo de desejo. Josh pensou que era melhor assim: uma boa cama sem envolvimento ou compromisso.

III

Depois de comer, Josh foi à sala de comando para começar mais um dia que seria movimentado e cheio de surpresas. Lá, dirigiu-se a Khan:

– Preparou o relatório do interrogatório?

– Sim, está na sua mesa, comandante.

– O que temos sobre o local onde serão entregues as armas biológicas?

– O prisioneiro não pôde dizer nada sobre onde será a entrega, pois seriam avisados sobre o local apenas quarenta e oito horas antes do ataque. O comunicador, por meio do qual receberão as coordenadas do local da entrega, está em poder do terrorista que fugiu. Ele só sabe que precisarão utilizar um barco, por isso têm dois escondidos.

– O fugitivo é o responsável pelos barcos. Outra coisa que nosso capturado nos informou: a carga virá de avião, que irá aterrissar na água. Portanto, trata-se de um avião com flutuadores de pequeno ou médio porte.

Khan continuou a explanação de seu relatório:

– Um dado essencial e que ele soubera por acaso: duas outras células receberão as armas biológicas no mesmo dia que a sua. Elas estão incumbidas do segundo ataque, que será no North Cascades Park.

– Isso ele sabia porque a namorada dele também é terrorista. Haviam se conhecido no campo de treinamento e ela faz parte de uma das células do segundo ataque. A moça teria confessado onde seria. Ele não deveria saber nada a respeito do segundo ataque, mas o acaso colocou a namorada dele na célula terrorista do North Cascades e se comunicaram num encontro amoroso clandestino que tiveram.

Após breve pausa, Khan acrescentou:

– Outra informação importante é que virá um avião diferente com a carga de cada célula terrorista. Assim, serão quatro aviões ao mesmo tempo. A sede dos Laboratórios de Väinämöinem na Finlândia tem vários aviões desses que podem decolar ou pousar na água ou no gelo. Utilizam esse tipo de transporte com frequência. Apenas no centro de distribuição deles, em Vancouver, que atende a toda América, não tem nenhum.

– O que não sabemos ainda é se as armas biológicas se encontram na Finlândia, no Canadá ou mesmo em solo americano. Deste modo, teremos que monitorar vários locais.

Josh interrompeu:

– Enviarei O'Neill com três esquadrões de IB ainda hoje para a Finlândia. Você, Khan, irá com mais três esquadrões para a região de Vancouver, hoje também. Ficarei para cuidar do Olympic Park. Conseguiu transporte especial para O'Neill?

– Sim, vamos receber dois aviões de

transporte de médio porte hoje, antes do almoço, e poderão partir no final da tarde. Logo estarão posicionados próximos aos alvos, monitorando todas as instalações e as pessoas.

– Localizaram o bruxo Väinämöinem?

– Sim, está num cruzeiro pelo Mediterrâneo. O iate está cheio de autoridades de vários países, que, no momento, se esbaldam em festas intermináveis. Dentre estas pessoas, estão figuras renomadas daqui dos Estados Unidos. Nosso alvo fez questão de se cercar de gente importante para sua proteção.

- Vai ser difícil pegar esse bruxo. Seria melhor meter uma bala na cabeça dele e mandá-lo visitar os antepassados no inferno.

Josh não respondeu e perguntou:

– E as bruxas sócias dele?

– Estão todas na Finlândia. Acho prudente O'Neill colar alguns de seus homens vinte e quatro horas por dia nessas mulheres. Mais cedo ou mais tarde elas darão alguma pista.

– Sim, com certeza ele deverá fazer isso. Vou falar com Yoav e saber as novidades.

Josh caminhou até o departamento de inteligência. Encontrando Yoav, perguntou-lhe:

– Alguma novidade, Tenente?

– Nada de extraordinário, só informações complementares que nos darão condições de planejar adequadamente nossas operações. Nada sobre o terceiro elemento.

– Preciso que você e seus homens chequem com prioridade todas as viagens de aviões com flutuadores entre a matriz dos laboratórios na Finlândia e o Canadá e as viagens do Canadá para os Estados Unidos.

– Certo, comandante, vou tratar disso agora e, assim que concluir, entrego os dados ao senhor.

– Obrigado, aguardarei em minha sala.

Josh saiu, foi para sua sala. Estava mais tranquilo e começou a se lembrar da noite com a loira ucraniana deliciosa. Havia gostado, ou melhor, adorado, e estava ansioso pelo próximo encontro. Havia decidido dormir aquela noite na base.

Na verdade, não eram esses seus planos originais, mas iria mudá-los. Resolveu ligar para Rae e avisar que iria passar a noite fora. De fato, precisava mesmo estar por perto por causa do trabalho. Claro que seu desejo incontrolável por mais uma noite com Taisiya era outra verdade não assumida.

Nada como juntar o útil com o agradável.

Algumas horas depois, o tenente Yoav o

procurou com informações importantes que poderiam levar aos esconderijos dos vírus. Josh chamou Khan com urgência na sala de comando; ele chegou alguns minutos depois, acompanhado do Coronel O'Neill, que havia retornado com seus comanches. Josh saudou O'Neill:

    – Que bom ter você de volta, Coronel, estamos precisando de sua ajuda, até porque podemos estar a um passo de grandes respostas!

    Yoav sentou-se ao computador, selecionou alguns arquivos e começou a falar, enquanto projetava no telão algumas imagens.

    – Quando fomos checar as principais compras de aviões com flutuadores nos arquivos dos fabricantes, uma informação nos chamou a atenção: uma ONG desconhecida tinha adquirido várias unidades nos últimos anos; duas dúzias de aviões. Essas aeronaves foram configuradas com tanques extras de combustíveis e motores mais possantes para terem autonomia de voo acima de mil e duzentas milhas. Foram gastos nesses aviões em torno de setenta milhões de dólares.

    – Vasculhamos os arquivos digitais dessa ONG e a primeira coisa que nos chamou a atenção foi que seus trabalhos são direcionados ao estudo e ao monitoramento de pássaros, especialmente seus hábitos migratórios. Pode-se deduzir que o objetivo dessas pesquisas era determinar a capacidade dos pássaros em disseminar um vírus.

Continuou Yoav:

– Aprofundamos mais e rastreamos as operações financeiras deles nos últimos cinco anos. Adivinhem quem são os mantenedores dessa ONG? Väinämöinem e suas bruxas. Nos últimos anos, investiram nesta ONG mais de meio bilhão de dólares.

– Esta instituição nada publicou sobre suas pesquisas, que são desconhecidas no meio científico e acadêmico. Certamente, é o braço terrorista dos bruxos da Finlândia.

Nova pausa e explicou:

– Continuamos a checagem para descobrir para onde os aviões estavam sendo mandados. Aí surgiu o mais interessante: metade das aeronaves está no Canadá e no Círculo Polar Ártico. No Canadá, na região de Labrador City e em Vancouver. No Ártico, na Groenlândia, na Islândia e na Finlândia. A outra metade encontra-se em solo americano, nas instalações deles em Birch Bay. Comandante, acredito que as armas biológicas serão distribuídas nos Estados Unidos a partir de Birch Bay.

Josh perguntou:

– Em que você baseia esta sua crença?

– A sede da ONG fica em Vancouver, na costa do Pacífico. Os laboratórios dos bruxos têm lá uma filial importante, como você sabe. Pudemos verificar que eles têm diversos barcos, de pequeno e médio portes, e fazem frequentes viagens até a filial de Birch Bay, que está a menos de cem milhas de Vancouver. Essa parte da fronteira canadense com os Estados Unidos é pouco vigiada e são constantes as viagens de turistas de um lado para o outro. Barcos, iates e lanchas raramente são parados ou vistoriados.

- Dessa forma, podem tranquilamente levar os vírus do Canadá para o solo americano – e continuou, esclarecendo:

– Da mesma maneira, viagens de pequenos aviões saindo de dentro dos Estados Unidos para qualquer localidade americana também não são controladas pelas autoridades. Especialmente quando não se decola ou se aterrissa em aeroportos convencionais.

Como estamos falando de aeronaves com flutuadores, podem decolar de qualquer lago, rio ou mesmo da costa, e pousar em qualquer lugar do mesmo tipo. Não precisam utilizar aeroportos. Portanto, ficam com total autonomia para ir e vir para onde quiserem. Os alvos dos terroristas serão os parques nacionais americanos que têm em abundância rios e lagos. São campos propícios para pouso e decolagem.

- Como eles dispõem de vários aviões em Birch Bay, é fácil deduzir que irão partir desse local. Até o nome da baía é sugestivo: Baía dos Pássaros!

Josh exclama:

- Está coberto de razão, Yoav. Sua dedução está mesmo cem por cento correta.

- Faz todo sentido!

- Há ainda uma outra possibilidade: podem ter utilizado esses aviões para transportar as armas biológicas da Finlândia para o Canadá (mais uma intuição dada pela Senhora da Luz nos ouvidos de Josh). Estes aviões pequenos não têm capacidade de fazer essa viagem sem escalas, mas com flutuadores eles podem descer ou subir em qualquer lugar coberto com água ou gelo e não precisam utilizar aeroportos.

- Devem ter agido como os contrabandistas, fazendo o reabastecimento em locais remotos, em ilhas, em lagos, no meio de florestas ou mesmo no mar, usando barcos para reabastecer os aviões.

Josh ficou imaginando quanto poder essa organização tinha. E então ordenou:

– Yoav, continue no caminho que está, faça uma devassa nessa ONG e nos laboratórios do bruxo. Veja tudo que consegue, seja rápido e minucioso.

– Cuidarei disso com prioridade!

Três anos antes: Onde tudo começou

24 de Dezembro, Hong Kong –   China

I

Num prédio luxuoso da área residencial mais nobre de Hong Kong, em um belo apartamento de cinquenta milhões de dólares, vivia o banqueiro Xun Li Wen com sua única filha, Linda Li Wen Windsor.

Xun Li era viúvo de uma aristocrata inglesa, descendente direta da família real britânica, que havia abdicado de seu título de nobreza para se casar com um plebeu, um banqueiro multibilionário chinês. Daí o sobrenome Windsor de sua filha.

Os negócios de Li tinham duas sedes: Londres e Hong Kong. A família passava metade do ano na China e a outra metade na Inglaterra. A mãe de Linda havia falecido há menos de um ano e esse Natal seria o primeiro da família em Hong Kong, pois os anteriores foram sempre celebrados na capital britânica, num antigo castelo que pertencia a Li, que o adquirira porque a família de sua esposa estava falida há décadas. O que restava de valor na família dela era apenas o sobrenome.

Li não possuía nenhum título de nobreza, mas herdara do pai uma bela fortuna, a qual havia triplicado.

Os nobres ingleses torciam o nariz sempre que Li frequentava as festas cheias de pompa da Família Real, mas precisavam suportá-lo, até porque boa parte deles dependia da força do capital chinês para financiar seu ócio.

O bisavô de Li, na sua adolescência, havia sido empregado dos antepassados de sua esposa que estiveram em Hong Kong. Foi seu primeiro trabalho remunerado.

Isso foi na época de ouro do colonialismo britânico, quando a região de Hong Kong pertencia ao domínio inglês.

Esta situação perdurou por mais de um século e a região só voltara ao controle chinês há alguns anos.

Em apenas quatro gerações, a família de Li havia construído um vasto império, formado por mineradoras de ouro, diamantes, prata, ferro e cobre, principalmente. Uma rede de joalherias requintadas se espalhava por toda a Europa, a Ásia e a América. Essas lojas eram a menina dos olhos de Li dentro de seu conglomerado de negócios internacionais.

Todo esse império era respaldado por uma magnífica e poderosa rede de bancos localizados nas maiores capitais financeiras do planeta.

Li, na verdade, nunca dera muita

importância ao *glamour* da alta sociedade, não gostava de ostentação. Na realidade, era viciado em seu trabalho, em produzir fortuna. Achava um exagero morar num apartamento de cinquenta milhões de dólares, mas atendera a um dos desejos extravagantes de sua esposa. Ela, sim, adorava a alta sociedade, estilistas famosos, joias, mansões suntuosas e castelos. Amava a tudo que a vasta fortuna de Li podia lhe oferecer e ele lhe fazia todas as vontades.

Depois que sua esposa faleceu, Li se afastou de tudo isso e passou a se dedicar exclusivamente ao trabalho e à sua adorada filha.

Linda, depois da morte da mãe, ficara profundamente triste, deprimida e isso angustiava Li, que não sabia o que fazer para afastar a tristeza do coração da filha.

Poderia fazer qualquer coisa para torná-la feliz novamente. Para cuidar de sua filha, vasculhou vários países, tentando encontrar a pessoa ideal que, de alguma forma, suprisse com amor e dedicação a falta que Linda sentia da mãe e que, ao mesmo tempo, a educasse dentro dos mais altos padrões internacionais de cultura.

Após alguns meses de intensa procura, encontrou uma mulher de linhagem nobre, tal como sua esposa, mas descendente dos czares russos. Falava vários idiomas, entre os quais chinês, japonês e inglês, incluindo, claro, russo, que era sua língua nativa. Havia se graduado em Oxford, na Inglaterra, e feito doutorado em Harvard, nos Estados Unidos – era PhD em Biologia. A princípio, Li não entendeu porque uma PhD havia se candidatado para ser governanta e tutora de sua filha Linda.

O pagamento era condizente com sua formação, na verdade, o dobro que ela ganharia como pesquisadora nas mais famosas universidades ou corporações do mundo. Porém, o trabalho não estava à sua altura.

Li não entendia a razão, mas gostou de imediato da mulher e lhe ofereceu um bom dinheiro. Mais ainda, toda mordomia que ela desejasse.

Era a doutora Arisha Lara Kseniya, chamada por todos de doutora Lara. Ela queria o emprego porque fora tocada pela Senhora da Luz a fazer isso, para se aproximar de Li e de sua filha.

A Senhora da Luz tinha uma grande missão para Lara, da mesma forma que tinha também para Josh, Linda e Li.

Lara, além de ter um Q.I. elevado, era uma guerreira. Era mestre em artes marciais e fora campeã olímpica russa em várias modalidades de tiro ao alvo. Também serviu por dois anos no exército russo, numa brigada anfíbia de comandos. Era uma guerreira espetacular.

O melhor da doutora Lara não estava na sua excepcional inteligência, tampouco na sua força ou nas suas habilidades especiais de combate. Estava na sua fé e dedicação extrema aos padrões éticos, profissionais e, sobretudo, espirituais.

Ela encantou o banqueiro Li, que não pensou duas vezes para entender que ela era a pessoa certa para educar sua filha. E assim foi.

Com o tempo, Lara aprendeu a amar e a proteger Linda como se fosse sua própria filha. As duas se amavam verdadeiramente, como mãe e filha.

Naquele Natal, apesar dos esforços de seu pai e de Lara, Linda continuava triste. Ainda não conseguira superar a falta de sua mãe. Mal tocou na ceia, abriu seus inúmeros presentes por obrigação; nada alegrava seu coração. Seu consolo eram apenas seus amiguinhos, o porquinho Baby Pink e sua arara Baby Payson.

Linda nunca se separava deles, foram presentes de sua mãe no Natal anterior, último que haviam passado na Inglaterra. Ao final da ceia, a garota subiu para seu quarto.

Li e Lara, entristecidos pela infelicidade

de Linda, fizeram o mesmo, até porque não havia convidados para a ceia. As luzes foram apagadas, pois todos estavam recolhidos. A tristeza rondava todos os cantos da casa.

II

Duas horas mais tarde, Linda acordou aos prantos, gritando e chorando em desespero. Lara e seu pai correram para o quarto dela. Lara a tomou nos braços enquanto, ao mesmo tempo, o pai a abraçava. Mas nada a consolava. Depois de certo tempo, Lara finalmente conseguiu que Linda se acalmasse um pouco e contasse o pesadelo que havia tido.

Linda descreveu seu sonho soluçando, esforçando-se muito para conseguir falar. Seus amiguinhos que estavam por perto faziam de tudo para consolá-la também. Ela relatou que, pouco tempo depois de haver começado a dormir, sentiu como se estivesse saindo de seu corpo. Viu uma luz forte, ao longe, que a atraía. Não conseguiu resistir e voou rapidamente ao encontro da luz.

A luz, então, foi diminuindo e ela chegou a um local escuro, sombrio, úmido e fétido. O cheiro de carne podre era insuportável, embrulhava seu estômago e ela vomitava sem parar. À esquerda, percebeu um ser horrendo, que gritava. O som de sua voz ecoava como o estrondo de centenas de trovões. O barulho era ensurdecedor e o ser macabro dizia:

– Eu sou a morte! Vagarei pelos quatro cantos da Terra e trarei hoje milhares de almas!

A Morte gargalhava e falava para uma mulher que estava à direita. Era muito bonita. Linda correu para o lado dela e começou a sentir que o mau cheiro foi se dissipando. Quando chegou bem perto, sentiu um aroma, um perfume agradável que exalava de todo seu corpo. A bela mulher chorava.

Linda continuava a descrever o sonho com os olhos, cheios de lágrimas e assustados, voltados para seu pai:

– A Senhora estava sentada numa grande poltrona de pedra. Com a cabeça no colo dela, mas de costas para mim, havia uma outra pessoa com o corpo coberto por um manto branco. Dessa outra mulher eu não podia ver o rosto. Apenas pude ver seus cabelos longos e ruivos. No manto da mulher havia muitas marcas de sangue. Ela também chorava, gemia de dor e dizia à Senhora que estava sofrendo muito. A Senhora acariciava os cabelos dela e a consolava.

– Perguntei à Senhora porque chorava daquela maneira e qual razão daquela mulher com a cabeça repousando em seu colo estar toda machucada. A Senhora me falou que chorava pelos milhares de seres na Terra que estavam morrendo e padecendo com uma doença que assolava todas as nações. Ela me disse que a mulher em seu colo estava sofrendo porque estava recebendo em seu corpo as feridas e o sofrimento dos martirizados pelos males da grande peste.

– A mulher levantou sua cabeça, virou seu rosto para mim e pude ver que era a mamãe.

Linda continuou a descrever seu sonho horrível nos mínimos detalhes:

– Mamãe, ao me ver, mesmo sofrendo muito com suas feridas, sorriu e pediu que eu ajudasse o povo da Terra. Perguntei-lhe, então, como eu, que era apenas uma menina, poderia ajudar uma população inteira?

– Corri para o lado dela, mas não consegui chegar até a poltrona para abraçá-la e consolar suas dores, pois um grande abismo se abriu em minha frente e eu caí. Voltei para meu corpo e nada pude fazer para ajudar mamãe.

Neste momento, Linda voltou a chorar em desespero. Li e Lara ficaram apavorados pela eloquência de Linda e pelo desespero que ela demonstrava. Ficaram sem saber o que fazer, totalmente petrificados.

Passaram-se os dias e os sonhos maus se

tornaram recorrentes. Linda não conseguia mais dormir em paz.

Depois de mais de um mês, os pesadelos noturnos passaram a ser visões que aconteciam a qualquer hora do dia ou da noite. Começavam do nada. Às vezes, a menina brincava tranquila com seus amiguinhos e, inesperadamente, entrava em transe e passava a ter visões terríveis. Eram sempre as mesmas.

Li trouxe médicos do mundo todo para avaliarem sua filha.

Levou-a também aos melhores especialistas de transtornos do sono e em parapsicologia. No desespero, até um exorcista ele procurou; porém, ninguém conseguia explicar as visões de Linda. A menina não estava possuída por demônios, tampouco era louca. Isso era consenso.

Lara, que era uma mulher de grande visão espiritual, passou a acreditar que Linda possuía poderes paranormais; realmente se comunicava com espíritos. Tudo era possível, sabia e acreditava nisso. Passou a instruir a menina e a ficar ao lado dela vinte e quatro horas por dia. Sempre que Linda entrava em transe, Lara segurava suas mãos e se concentrava. Fazia um esforço enorme para entrar junto com ela em suas visões e a instruiu para pedir à grande

Senhora permissão para que pudesse fazer isso.

Inúmeras tentativas foram feitas, mas fracassaram. Dias se passaram e finalmente chegou o momento que Lara teve a permissão da Senhora de receber junto com Linda a mesma visão. O pesadelo de sempre aconteceu. A morte berrando suas palavras pesadas, a Senhora chorando, a mãe da menina ferida e com a cabeça no colo da Senhora. Lara, quando viu o abismo se abrir na frente delas soube que se caíssem nele voltariam à vida normal e não conseguiriam chegar próximas à Senhora. Precisava saber o significado daqueles sonhos da garota e o que seria a praga profetizada pela Senhora. Lara implorou à Senhora para lhes estender as mãos e as sustentar. Ela, então, atendeu a seu pedido e puderam se aproximar. Linda, ao chegar perto da mãe, pode ver que ela agora sorria e que todas suas feridas haviam cicatrizado. As duas se abraçaram e sua mãe sussurrou doces palavras em seu ouvido. A partir daquele momento, o coração de Linda se aqueceu e ela não choraria mais pela falta da mãe, agora sabia que, mesmo estando morta, sempre a teria a seu lado.

A Senhora também não chorava mais e passou a falar com Linda e Lara:

— Minhas queridas, eu sou a Senhora da Luz e vocês são as minhas duas primeiras guerreiras, que irão lutar para impedir que uma peste terrível venha assolar a Terra.

Linda disse, repetindo-se:

– Mas eu, minha Senhora, sou apenas uma menina, como vou poder fazer isso?

– Principalmente por quem você é, minha menina!

– Seu pai é um poderoso banqueiro, homem muito rico e de bom coração. Sua primeira tarefa será tocar o coração de seu pai, para convencê-lo a aderir a nossa causa de salvar a humanidade.

- Você também será minha mensageira. Vou lhe enviar a homens ricos e poderosos, que, juntos com seu pai, irão criar um Conselho que financiará e coordenará todas as operações dos guerreiros que lutarão para impedir os ataques e a disseminação da peste.

Virando-se para Lara:

– Quanto a você, Lara, além de ajudar Linda a convencer o pai, deverá cuidar dos trabalhos executivos do Conselho, em especial o de recrutar os oficiais que irão realizar essa missão, cujo comandante será Josh, um homem que vive em Seattle, nos Estados Unidos. O Conselho é deliberativo e financiará as operações. Li será o presidente e fará a ligação entre o Conselho, você e

Josh. Os outros membros do Conselho ficarão sempre em segredo.

A seguir, acrescentou:

– Vão agora. Falem com Li e eu tocarei o coração dele. Que as forças do bem conspirem em favor de vocês!

Neste momento, a visão de Linda e Lara terminou.

III

Algumas horas depois, Li chega em casa e fica surpreso quando sua filha vem correndo à porta para recebê-lo, sorrindo. Ela não fazia mais isso desde a morte de sua esposa. Ficou feliz, chamou Lara e agradeceu muito a ela por ter conseguido mudar o estado de espírito de Linda.

Lara disse-lhe:

– Não fui eu, foi a grande Senhora das visões de Linda!

Lara explicou a Li tudo que havia se passado na tarde daquele dia. Descreveu como ela havia tomado parte da visão e de tudo que a Senhora da Luz havia falado e ordenado, inclusive, sobre o Conselho que Li deveria criar e presidir.

Mencionou a grande soma de dinheiro que certamente ele deveria gastar, junto com os outros conselheiros, para financiar as Brigadas dos Guerreiros. Ressaltou a importância das ações a serem executadas dentro de alguns anos com o objetivo de evitar uma mortandade sem precedentes na história da humanidade.

A princípio, Li deu apenas um sorriso forçado que, na verdade, escondia sua desconfiança e sua incredulidade nos fatos narrados por Lara e Linda. Era a maneira de agir típica da cultura oriental, segundo a qual dificilmente se nega algo, procurando disfarçar o descontentamento.

Lara percebeu tudo e com a ajuda de Linda insistiu com veemência, reforçando sua narrativa.

Pouco a pouco, tendo seu coração aquecido e aberto pelas energias sopradas pela Senhora da Luz, Li foi se convencendo da veracidade da visão. Pelo grande amor que tinha por sua filha, pelo respeito e credibilidade que tinha pelas palavras e ações de Lara, ele se rendeu e aceitou sem restrições todos os pedidos de sua filha. No final, apenas fez duas perguntas:

– Quem são as outras pessoas que irão formar comigo esse Conselho? Quanto vai custar essas operações?

Para ambas as perguntas, as respostas de

Lara e Linda foram as mesmas:

– Não sabemos de nada ainda, mas a Senhora da Luz irá nos orientar!

Li ficou apreensivo, afinal de contas, nunca havia entrado em nenhuma atividade que não soubesse quanto custaria e sem conhecer todos os detalhes e riscos.

Jamais iniciara um negócio que não lhe propiciasse um bom e seguro retorno. Pensou um pouco e novamente foi tocado pela Senhora da Luz. Sentiu que estava tudo bem, pois, se fosse para salvar milhares de vidas e evitar o sofrimento de milhões de pessoas, o lucro não seria importante. Mesmo que precisasse gastar um, dois, três bilhões de dólares para financiar as operações, ou até mais, isso não era nada para sua fortuna.

Principalmente se fosse para agradar sua filha. Deste modo, pagaria qualquer valor.

Os três jantaram felizes. A casa agora estava iluminada pela felicidade. Conversaram por algumas horas e depois foram dormir. Linda adormeceu suavemente, não tinha mais pesadelos a lhe atormentar.

A Senhora da Luz veio até ela num sonho doce e lhe revelou que a partir daquela noite ela levaria uma mensagem a nove bilionários, espalhados por várias nações da Terra. Deveria convencê-los a fazer contato com seu pai para se juntarem a ele no Conselho.

O primeiro bilionário seria um brasileiro, que morava na cidade do Rio de Janeiro. Nas próximas oito noites, ela iria para Bombaim, Moscou, Tóquio, Seul, Cidade do México, Jerusalém, Dubai e Nova York. Linda perguntou:

– Como vou convencer essas pessoas sendo apenas uma menina?

A Senhora da Luz a tranquilizou, dizendo que não se preocupasse: deveria apenas relatar sua visão a eles.

Ela se incumbiria de convencê-los.

Na mesma noite, a Senhora da Luz também visitou os sonhos de Lara e fez revelações ordenando que ela viajasse até Moscou para procurar seu antigo comandante da tropa de anfíbios na qual ela tinha servido por dois anos. Era um general da reserva do antigo exército da União Soviética, mas se mantinha nos negócios de guerra. Intermediava a contratação dos serviços de soldados e oficiais mercenários de todas as nacionalidades. Lara deveria pedir que ele a apresentasse a alguns oficiais. Eram três coronéis: Hugo O'Neill, Temudjin Khan e Mikhael Spyro Dimitriou. Acrescentou ainda o general Turco

Tarek Iman Salih Abdullah e o tenente Abraham Amos Yoav, israelense. Estes oficiais comporiam o Estado Maior do comando das brigadas.

A senhora da Luz explicou-lhe:

– São soldados mercenários, mas não lutam apenas pelo dinheiro. São leais a mim e irão aceitar sua convocação. Esperam por isso, basta fazer o contato e dizer quando e onde eles devem se apresentar.

Lara também deveria sugerir a Li o empréstimo, para sediar os trabalhos de treinamento dos guerreiros, de uma ilha que ele possuía no Pacífico Sul, perto da Nova Zelândia. Seria o local perfeito para essa atividade. As duas cumpriram as determinações da Senhora:

Linda levou a primeira mensagem para o bilionário no Brasil e Lara embarcou num voo para Moscou.

A missão de salvar a população da Terra começava!

Sala de Comando

Base da Immortal Brigade – Tempo Atual

I

Em um novo encontro do comando, Yoav falou:

– Checamos todos os computadores da ONG, vasculhamos tudo e descobrimos que o vírus já saiu da Finlândia e está em Vancouver ou até em Birch Bay!

Respirou profundamente e continuou:

– No final de semana anterior ao Dia Mundial do Meio Ambiente houve uma grande movimentação de transporte aéreo na ONG, a partir do centro de pesquisas na Finlândia.

– Dois aviões com flutuadores partiram na madrugada de sexta-feira e fizeram uma viagem de mais de seis mil e quinhentas milhas, saindo dos laboratórios do bruxo, na Lapônia, até a matriz da ONG, em Vancouver. Para que esse longo trecho pudesse ser percorrido pelos aviões, foram necessárias seis escalas, quatro trocas de tripulações e uma troca de aeronaves. As escalas foram realizadas em locais nos quais os líderes da ONG possuem centros de pesquisas e observação de hábitos migratórios de pássaros: Ilhas Faroe, Islândia, Nuuk (na Groenlândia), Labrador City (na província de Labrador, no Canadá), além de Thunder Bay, Regina e Vancouver – todas também no Canadá.

Yoav prosseguiu:

– A viagem apresenta algumas anormalidades que precisam ser analisadas detalhadamente: primeiro, qual o motivo de se fazer uma viagem tão longa como essa a bordo de pequenos aviões, com altos custos de reabastecimentos, troca de tripulações e de aeronaves?

- Por que levar mais que o triplo do tempo do que se tivessem fretado um avião de maior porte? Qual a razão de gastarem mais em uma viagem mais demorada? – E continuou:

– Segundo, uma carga leve e mesmo sendo aviões pequenos, apenas uma aeronave seria suficiente para fazer o transporte. Porque dois aviões? E mais: estava claro nos registros dos computadores que a tripulação que fez o trecho entre a Groenlândia e o Canadá foi especialmente contratada para esse trabalho. Eram pilotos e copilotos de aviões militares com grande experiência em voos noturnos próximos à linha d'água, que despistam o controle de radares. Assim, entraram no Canadá de forma clandestina; portanto, fizeram um contrabando.

O agente da inteligência prosseguiu:

– A ONG normalmente faz viagens e transporta cargas entre seus laboratórios e com frequência esses aviões têm como destino o Canadá. Mas, todas as importações são declaradas para as autoridades canadenses e os produtos de suas cargas são discriminados em documentos da alfândega.

– Eles sempre têm permissão para as importações. Seus produtos não são taxados com impostos de importação. Então, por que essa carga foi trazida como contrabando?

– A resposta para todas essas questões é simples: a carga clandestina, com certeza, é o vírus mortal que servirá para o ataque – não existe possibilidade de outra resposta. O vírus já veio, só não sabemos se está em Vancouver ou em Birch Bay. Também não é possível checar se vieram as cápsulas com vírus de todos os ataques ou apenas para os primeiros. Precisamos descobrir, urgentemente.

Josh ordenou:

– O'Neill, suspenda sua ida para Finlândia, podemos pegar as bruxas depois. Preciso de você mais perto, no Canadá.

Envie três esquadrões de guerreiros para a Finlândia, sob o comando de dois capitães e três tenentes. Ordene que permaneçam em observação das atividades dos laboratórios. Destaque guerreiros para vigiarem cada uma das bruxas do Conselho do laboratório dos bruxos: não podem perdê-las de vista nem por um segundo. No entanto, não devem fazer nada, apenas vigiar.

– Você deve ir a Vancouver e levar com você vinte e quatro homens. Khan, pegue mais vinte e quatro e vá para Birch Bay. São os locais que devemos nos concentrar. Khan, designe um esquadrão para Regina, outro para Thunder Bay e mais um para Labrador City. Mande também esquadrões para o Círculo Polar Ártico: Ilhas Faroe, Islândia e Nuuk, na Groenlândia.

– Coloque esses locais sob severa vigilância; precisamos monitorar todos os movimentos do pessoal dessa ONG. Compre algumas unidades de aviões semelhantes aos que os terroristas estão usando. Precisamos nos posicionar em todos locais do Canadá e do Círculo Polar Ártico onde eles estão presentes; é fundamental para nós dispor das mesmas facilidades de deslocamentos que eles dispõem.

Khan informou a Josh:

– Enviarei de imediato os esquadrões. Quanto aos aviões, antecipei-me à sua ordem. As aeronaves que a ONG terrorista utiliza são do modelo DHC, informação que Yoav me forneceu. Oito unidades foram o que pude conseguir em condições de pronta entrega: é só o que eles têm disponíveis no momento. Fiz contato com uns fornecedores internacionais de transporte e armamento que conheci em meu tempo de mercenário. São seminovos, passaram por uma revisão completa e estão configurados para transportar nove homens, além de tripulação e cargas. Têm tanques extras e autonomia de até mil e duzentas milhas com peso total. São equipados com dois barcos infláveis para desembarque de comandos. É só pagar e recebê-los em poucos dias. Os pilotos que dispomos conhecem muito bem esse modelo, são muito utilizados nos campos de batalhas por forças mercenárias.

Josh falou:

– Pode combinar o pagamento e me passe os detalhes para que eu possa transferir o dinheiro para as contas dos fornecedores.

– Farei isso agora, comandante!

II

Josh foi para o estacionamento da base para respirar ar fresco, relaxar e refletir sobre as novas informações – e em busca de boas intuições; quem sabe a Senhora da Luz poderia ajudar mais um pouco e mandar boas ideias. Principalmente fornecer informações a respeito do terceiro elemento, sobre o qual nada sabiam e que poderia ser um elemento químico ou um vírus misterioso, adicionado aos vírus da gripe aviária e da gripe suína para criar o SUPERVÍRUS devastador. Precisavam de mais ajuda.

O dia foi se passando e às dez da noite partiu o avião de transporte com os esquadrões destacados para o Círculo Polar Ártico. Aqueles destinados à Finlândia, à Islândia, à Groenlândia e às Ilhas Faroe iriam chegar a seus destinos na tarde do dia seguinte. Ao mesmo tempo, saiu outro avião com os esquadrões das localidades canadenses, que chegariam a suas posições em algumas horas.

O'Neill partiu para Vancouver e Khan para Birch Bay após a meia-noite. Como eram locais mais próximos, poderiam utilizar jipes, camionetes e motos.

Em Vancouver e Birch Bay, os homens iriam ficar em pequenos acampamentos espalhados por vários pontos na floresta, bem camuflados nas matas dos arredores das instalações da ONG, para não despertar a atenção dos funcionários e dos terroristas que certamente deveriam estar por lá.

O Conselho liderado por Li havia trabalhado rápido e eficientemente para providenciar instalações na Lapônia, na cidade de Rovaniemi.

Todas as tropas partiram e Josh ficou na base, controlando as operações em tempo real e recebendo transmissões simultâneas de todos os guerreiros envolvidos nas operações em diversos locais.

Eram centenas de monitores controlados por duas turmas de trinta e dois guerreiros especialistas em comunicação, inteligência e informática, que trabalhavam vinte e quatro horas por dia, em turnos de doze horas. Taisiya foi com o grupo de Khan para Birch Bay.

Josh havia convencido Rae a viajar de férias por algum tempo e ela foi para Europa, para a casa que eles tinham na Costa Azul francesa. Com certeza, faria compras, iria a desfiles de moda em Paris e também em Milão, na Itália. Dessa forma, se ocuparia e permaneceria uma temporada fora dos Estados Unidos, longe dos problemas de Josh.

Rae estava solidária à causa, mas Josh não desejava envolvê-la. As férias na Europa naquele momento seriam providenciais e seguras. Josh precisava de tempo para se concentrar em sua missão. Embora umas escapadinhas de vez em quando não fizessem mal algum.

Afinal, ninguém é de ferro!

III

Já pensava sério sobre o assunto. Sozinho, com a adrenalina nas alturas, resolveu investir para encontrar companhia para as longas noites nas quais estaria confinado na base – a testosterona exalava por todos seus poros.

Josh era um homem atraente, sedutor, que chamava a atenção das mulheres, Alto, porte atlético, não relaxava nunca com o cuidado de seu corpo e de sua aparência. Pele bronzeada, cabelos bem cuidado, que já pediam alguns retoques de pintura, um preto, já puxando para um cinza escuro, mesclado com alguns brancos – afinal, já não era mais o mesmo garotão de vinte e poucos anos que levava à loucura as garotas na universidade. Mas agora, com pouco mais de quarenta anos, sem dúvida, tinha muito mais charme, atraia mais ainda as mulheres.

Não andava mais atrás de garotinhas ou ninfetas, mas as mulheres maduras, bonitas, charmosas e, claro, inteligente o tiravam do sério.

Era um amante extraordinário, bem dotado, viril – um macho especial, que sabia como ninguém levar as mulheres ao máximo do prazer: gozava vendo-as chegar ao clímax absoluto inúmeras vezes.

Seu relacionamento com várias mulheres

sempre foi uma constância na sua vida. Nunca teve, durante sua vida de casado, longos romances: era um homem de paixões, de desejos intensos, mas sem envolvimentos profundos. Amava Rae, mas gostava de umas escapadinhas, aqui ou ali.

Amava a esposa, como nunca amara alguém até então; traía, mas a amava e esse dilema o intrigava: como podia trair sua esposa se a amava tanto? Será que era, no fundo, um cafajeste ou seria doente, um compulsivo sexual? Isso, às vezes, o incomodava um pouco.

Mas não naquela noite...

Há algum tempo ele trocava olhares com uma chinesa atraente, com belas coxas, seios pequenos e durinhos. Josh não conseguia evitar de pensar que ela deveria ser deliciosa na cama. Era a sargento Zhen Hua An Cheung, sargento Cheung, como era chamada. Ela sempre era gentil com ele. Haviam trocado olhares e parecia ser uma bela aventura.

Josh esperou o final do turno, à meia-noite, e a convidou para uma cerveja em seu quarto. Ela topou na hora.

Ao chegar perto dela, sentiu-a tremer de desejo e ela quase pulou no seu pescoço ali mesmo, na sala de controle. Foram para o quarto.

Quando entraram, imediatamente começaram a se agarrar e a se beijar com fúria. A sargento ia arrancando suas roupas e, ao mesmo tempo, as de seu amante em total desespero, com um desejo quase incontrolável. Ela puxava com força e foi rasgando aquilo que não conseguia tirar logo. Depois de deixar Josh completamente nu, a chinesinha se ajoelhou na frente dele, agarrou seu membro e o abocanhou com volúpia. Não demorou muito, ele não se aguentou mais de prazer e a agarrou. Ela era mais baixa, então, ele a encaixou em sua cintura; a penetrou com força, enquanto que a sargento enlaçava com as pernas a cintura dele.

Josh a segurava, colocando suas mãos na cintura e nas costas de sua parceira enlouquecida de prazer, beijava, chupava e mordiscava suavemente seus seios. A mulher se contorcia, movimentava seu corpo freneticamente, descendo e subindo de forma ritmada. Pouco a pouco, a sargento foi aumentando a velocidade de seu corpo. Os dois gozaram juntos, gemendo de prazer e desejos intermináveis.

Ela queria mais, muito mais. Colocou-se de quatro sobre a cama, chamou seu parceiro e implorou para ser possuída novamente. Josh não se fez de rogado, veio e atendeu aos desejos da chinesa. A mulher gemia de puro prazer. A cama rangia e parecia que iria desmontar.

O casal não se importava com o barulho e os gritos foram aumentando cada vez mais, enquanto os dois anunciavam mais um gozo que se aproximava. Novamente, chegaram ao clímax ao mesmo tempo.

Era a primeira vez deles, mas mostravam ser amantes perfeitos, como que possuíssem habilidades de parceiros que transavam há séculos.

Seus sexos pareciam que haviam sido criados um para outro, tal era a perfeição do encaixe que conseguiam, enquanto o tempo deles, para alcançar o prazer máximo, era o mesmo.

Se alguém estivesse observando, poderia pensar que eles eram capazes de cronometrar e ajustar suas performances para se darem, mutuamente, o mais requintado prazer. Continuaram a noite com volúpia de amor e excitação.

A chinesa passou a ensinar a seu amante algumas posições especiais cultuadas na China desde a antiguidade, do tempo dos antigos imperadores. Josh começou a gostar do seu aprendizado e continuaram se amando até que caíram extenuados um ao lado do outro, cansados e saciados. E a noite prometia novas performances sexuais...

IV

Depois de umas duas horas que eles estavam por ali dormindo e se refazendo, o telefone de Josh tocou. Era o coronel grego Mikhael Spyro Dimitriou, o segundo na posição de comando da base, que, na ausência de Khan, assumiu o posto. O coronel tinha grandes notícias.

O esquadrão de comanches, infiltrado nas tribos indígenas da região, com base nas informações dos índios nativos do parque, havia encontrado o sexto terrorista foragido, escondido no mato. Com ajuda dos nativos, os comanches o emboscaram e o capturaram vivo. Estavam trazendo o terrorista para a base e ele pretendia interrogá-lo imediatamente. Josh falou:

– Estou indo para aí agora, Coronel!

Sua companheira, a sargento Cheung, havia acordado com o telefonema e falou:

– Já vai, comandante? Mas ainda não acabamos! Achei que iria ter um segundo tempo; ainda estou cheia de desejo de transar com você.

Josh respondeu-lhe:

– Sinto muito, sabe que preciso ir. Fique dormindo aqui mesmo, ainda tem bastante tempo até seu novo turno. Descanse e relaxe, outra hora nos encontramos. Tchau!

E saiu para encontrar o coronel. Dimitriou lhe explicou:

– Tivemos muita sorte, os comanches o pegaram no esconderijo no meio da floresta. Os nativos sabiam onde era o esconderijo dos terroristas. Levaram os comanches até lá e ajudaram na sua captura.

– Apreenderam também equipamentos de comunicação, armas, munição e, no rio perto do esconderijo, encontraram dois barcos a motor – que deixaram na aldeia, bem guardados por quatro comanches. Os outros quatros estão trazendo o prisioneiro totalmente imobilizado, dormindo com um anjo. Deram-lhe um sossega-leão para acalmar!

Josh lamentou:

– Então não vamos poder interrogar o prisioneiro!

– Não se preocupe, comandante, o Coquetel funciona mesmo com o prisioneiro sedado. Vai chegar aqui no ponto de receber a primeira dose e irá falar rapidinho. Poderemos arrancar-lhe as informações que precisamos.

– Assim espero, Coronel, assim espero! Estamos precisando de boas pistas que nos permitam pegar esses terroristas e apreender as armas biológicas sem dar chance de se espalharem pelo parque. Se possível, pegar todas as cápsulas de uma só vez, numa única tacada.

– A ação deverá ser precisa, para liquidar imediatamente com toda essa ameaça que paira sobre as nações.

– Assim será, comandante!

V

Algum tempo depois, chegou o prisioneiro, carregado por quatro comanches. Estava dormindo feito um bebê e aparentava gozar de muita paz. Nem parecia que estava prestes a iniciar a maior carnificina da história.

Levaram-no para a sala de interrogatório e injetaram a primeira dose do Coquetel. Dimitriou avisou a Josh que iria demorar até ele começar a contar seus mais preciosos segredos. Os técnicos precisariam fazer inúmeros procedimentos, uma série de checagens eletrônicas dos batimentos cardíacos e escaneamento de áreas do cérebro, até poderem traçar o perfil dele.

Dimitriou disse a Josh:

– Volte para seu descanso, que eu o avisarei quando ele estiver pronto para falar. Vá cuidar de sua chinesinha: ela deve estar faminta.

Josh, surpreso, perguntou-lhe:

– Mas como sabe dela?

– Seu alojamento é do lado do meu e, do jeito que ela gritava, deve estar louca de desejo. Não a deixe esperando por muito tempo.

– E não se preocupe: entre mercenários não existem regras sobre aquilo que se faz quando não se está de serviço. Nossa vida pode ser curta, a morte nos espreita em todos os cantos. Vivemos somente o presente.

– Não temos passado e, muitas vezes, nem futuro. Poucos de nós podem sonhar em se aposentar aos cinquenta anos, como Khan espera fazer em breve. Isso é raro, é para quem tem muita sorte, não acontece com a maioria de nós. Então, comandante, viva agora todas as emoções, porque pode não estar vivo amanhã para se arrepender de não as ter vivido.

- O que pensam, o que dizem, isso não conta. Apenas desfrute dos bons momentos.

– Obrigado pelo alerta, coronel. Estava preocupado com o que o resto da brigada poderia estar pensando sobre minha conduta.

– Relaxe, homem, o pensamento geral é que você é um cara de sorte: está com as duas maiores gatas da brigada!

Josh retrucou, admirado:

– Também sabem de Taisiya?

– Claro! Ninguém é surdo e nem ela é discreta. Taisiya já espalhou para todos que "estava pegando o comandante": para marcar seu território entre as outras guerreiras. Um conselho: cuidado com Taisiya, ela é ciumenta e vingativa. Especialmente quando se sente enganada ou preterida por outra mulher. Pior ainda quando a outra é sua maior inimiga. Tenho certeza de que a sargento Cheung vai ser a primeira a falar para Taisiya que também se deitou com o senhor.

– As duas são rivais e se odeiam. Já tiveram grandes brigas e se pegam por qualquer motivo. Cuidado para não perder seus testículos! Taisiya é uma bruxa. Nunca se esqueça disso.

– Particularmente, não acredito em "bruxas do bem". Para mim, bruxa é bruxa e sempre do mal. Vi Taisiya muitas vezes em combate e ela não tem nada de "boazinha"; é implacável com os inimigos e mata com um sorriso no rosto. Gosta disso. Ela é uma predadora sanguinária. Vou mais longe: acho que é uma assassina compulsiva e não está nessa profissão por dinheiro. Combate pelo prazer de matar, destruir e dizimar.

Josh comentou:

– Vou pensar sobre isso.

Josh saiu, mas não voltou para seu quarto para continuar sua noite de amor com Cheung. Depois da conversa com Dimitriou, apagou-se o fogo do seu desejo que há pouco parecia interminável. Refletiu acerca das palavras do Coronel sobre Taisiya. Lembrou-se do pai dela, Borya; desconfiava da honestidade dele. Também se recordou das recomendações de Rae sobre o perigo de Taisiya e as palavras de Dimitriou – bruxa é sempre bruxa – ficaram latejando em sua mente. A desconfiança em relação à ucraniana aumentou e tomou conta de seu coração. Mas precisava dela no momento, assim como do bruxo-pai. Portanto, teria que agir com prudência. Sentia como se estivesse pisando em ovos com essa família.

VI

Aproveitou o tempo para fazer contato com Khan e O'Neill, para averiguar se já estavam posicionados e vigiando os movimentos dos inimigos.

Deveriam estar alertas para qualquer ação.

Falou com os tenentes que comandavam os esquadrões baseados nas localidades do Canadá e certificou-se que tudo caminhava como pretendido.

O avião que se dirigia ao Círculo Polar

Ártico ainda voava e ainda havia escalas para reabastecimento, mas chegariam em breve ao destino.

Algumas horas depois, o Coronel Dimitriou entrou na sala avisando:

– O prisioneiro está falando, não resistiu muito e temos boas notícias. Venha até a sala de interrogatório.

Josh se levantou e o acompanhou. A sala de interrogatório parecia uma UTI. O prisioneiro estava deitado, tomava soro e medicamentos na veia e diversos aparelhos monitoravam seu coração e as atividades cerebrais. Esta sala, na verdade, era um mini-hospital. O ambiente não era nada parecido com salas de torturas arcaicas, cheias de instrumentos para causar medo, sofrimento e humilhação. Tudo por ali era moderno, de última geração. Médicos, enfermeiras e outros técnicos trabalhavam atentos aos detalhes.

Um grupo de psicólogos e psiquiatras fazia perguntas sistemáticas ao prisioneiro, algumas corriqueiras e, entre elas, disparavam as mais importantes, destinadas a colher as informações de sua mente – e que nunca seriam reveladas em uma situação normal. E, aos poucos, sob o efeito do Coquetel e dos outros produtos associados a ele, o cara ia revelando o que seus interrogadores queriam saber. A sessão, que fora iniciada à tarde, estendeu-se noite adentro.

Com o passar das horas, foram coletadas mais e mais informações, verdadeiros tesouros que colocariam os terroristas nas mãos dos IB. Ao final do interrogatório, eles sabiam que o vírus seria entregue por meio de aviões com flutuadores que pousariam na água em algum lugar próximo do Olympic Park, fora de seus limites, para não chamar a atenção. Seis horas antes da entrega, as coordenadas do local exato seriam passadas pelo receptor que os comanches haviam apreendido no esconderijo. Os terroristas deveriam ir até os aviões em barcos infláveis, os quais estavam com os comanches na aldeia.

No momento da entrega, deveria ser dada uma contrassenha em finlandês: "alkaa uusi ihmiskunta alkaa Länsi lintu"[34].

Esse era o código de sua célula para pegar os vírus em segurança. Se houvesse qualquer dúvida, seriam eliminados. Essa senha era a informação crucial que faltava, com ela eles poderiam receber os vírus de uma das células que atacaria o Olympic Park. O prisioneiro não confirmou as informações de que as células do ataque ao North

---

34 O início de uma nova humanidade começa com pássaros ocidentais.

Cascades Park iriam receber as cápsulas com vírus ao mesmo tempo em que as células do Olympic Park, tampouco que seriam quatro aviões.

Outra informação preciosa e tranquilizadora era que ele não tivera condições de avisar aos seus chefes a respeito do ataque na Olympic Service e das mortes dos outros integrantes de sua célula.

Não podia se comunicar com eles, já que tinha apenas um receptor de mensagem. Depois que foram infiltrados no parque, até a mensagem das coordenadas do local do pouso dos aviões, que seriam enviadas poucas horas antes do ataque, nenhuma outra comunicação poderia ser efetuada.

O envio das coordenadas seria a confirmação da missão e a ordem de seu início. O prisioneiro informou ainda que eram pagos regularmente através de depósitos em contas bancárias em paraísos fiscais e tinham decorado em suas mentes o plano de ataque. Assim, não precisavam de novos contatos: eram autônomos.

Há mais de dois anos estavam inativos, apenas trabalhando no parque, à espera da ordem. Não se comunicavam com o comando e tampouco com a outra célula. Eram ações independentes. Eles, que espalhariam os vírus na parte costeira, e o outro grupo, das florestas, não se conheciam.

Josh respirou aliviado!

Pelo menos, não sabiam sobre a eliminação da primeira célula e em posse da contrassenha poderiam enviar guerreiros disfarçados no lugar dos terroristas para pegar o primeiro carregamento de vírus. Assim, os riscos do primeiro ataque haviam sido reduzidos à metade. Era um bom começo. Não era perfeito, mas era um passo à frente.Depois que os aviões decolassem, deveriam sair rápido do local. Com certeza, logo após as entregas, eles poderiam pegar cada uma das outras três células em separado, iriam tomar rumos diferentes. Era só persegui-los para atacar no local e no tempo mais conveniente para os IB.

Essas novas informações facilitariam as operações e os colocariam à frente dos inimigos. Poderiam acabar com os dois primeiros ataques ao mesmo tempo.

Para isso, iria necessitar de mais homens. Viu que estava na hora de acionar o restante dos guerreiros da Immortal Brigade, a segunda unidade, que estava na reserva até então. Estes soldados estavam situados na base secreta que o comando mantinha numa ilha no meio do Oceano Pacífico. Ficava a poucas horas da costa americana, em águas internacionais. Dos trezentos e noventa e dois guerreiros, só utilizavam até então a primeira unidade.

Precisavam da segunda unidade, mais cento e noventa e seis IB. Era a unidade anfíbia muçulmana, comandada pelo General Tarek Iman Salih Abdullah, chamado de General Abdullah.

Este reforço nas operações poderia estar na região do parque em algumas horas. Seriam transportados até o limite das águas internacionais e trariam com eles, no navio de transportes, barcos, helicópteros, várias lanchas e mais de cinquenta jet-skis. Josh se comunicou com o General, que aguardava ansioso para entrar em combate. Ele e seus homens estavam prontos, à espera de um chamado de Josh.

A hora havia chegado, era tempo de todas as forças entrarem em ação! Todos os esquadrões deveriam estar em alerta e prontos para o combate.

A hora chegou

I

No centésimo dia após a visão da Senhora da Luz no lago, dia em que Josh fora convocado para assumir o comando da Immortal Brigade, teve início a primeira ação terrorista. O receptor apreendido com o prisioneiro pelos comanches começou a receber um sinal.

As coordenadas do local da entrega foram transmitidas junto com informações adicionais: o comando central dos terroristas mandaria quatro aeronaves, uma delas ficaria mais ao norte, a segunda mais ao sul, a terceira a leste da baía e a quarta, a oeste, próxima a uma ilha. Os aviões ficariam separados por uma distância em torno de três milhas entre eles – a célula aniquilada pelos guerreiros deveria atracar no avião pousado no lado sul da baía.

O número de identificação finalizava com o dígito quatro e seria inscrito em tinta fluorescente para que pudesse ser visto à noite, com as luzes das lanternas. Em poucos segundos, o local foi encontrado: Skagit Bay, no delta do Rio Skagit, lugar em que o rio se abre em dois braços e forma a ilha Fir. Se tratava de uma localização estratégica para os terroristas que iriam atacar o Olympic Park e o North

Cascades Park. Daquele ponto, eles poderiam subir o rio até o parque North Cascades e, pela baía, podiam seguir margeando a costa até o Olympic Park, que fica próximo. A ilha de Fir é um santuário ecológico no qual milhares de pássaros, que migram das ilhas Wrangel, na Rússia, passavam o inverno. Era um lugar propício também para outras espécies de aves se reproduzirem. Um berçário natural que a natureza se encarregou de construir.

Rapidamente, os oficiais começaram a traçar estratégias de ação, pois contavam com pouco tempo: menos de seis horas. Os esquadrões dos IB haviam sido bem posicionados, não muito longe do local da entrega dos vírus. Como dispunham de variados meios de transporte, chegariam facilmente ao local antes dos terroristas. Assim, não seria difícil surpreendê-los, até porque não esperavam por nenhuma reação ou perseguição.

Entretanto, era vital serem cuidadosos e planejar detalhadamente a ação. Seria necessário buscar precisão nas manobras de aproximação para não alertar os terroristas.

O fator surpresa era muito importante para que os terroristas não tivessem a menor possibilidade de defesa e nem tempo de espalhar o vírus. A delicadeza da ação poderia ser comparada à de um cirurgião numa operação de altíssimo risco para o paciente.

II

O barco, com seis guerreiros, que ocuparam o lugar dos terroristas originais, partiu do Olympic Park e subiu a costa em direção à Skagit Bay.

As coordenadas de localização foram colocadas no GPS. Assim, rumaram firmes, bem armados, para o encontro com o avião.

Quando estavam a menos de meia hora do local, avistaram um barco idêntico ao que usavam – eram os integrantes da outra célula terrorista do ataque ao Olympic Park.

Mantiveram-se longe dele e procuraram não chamar a atenção. Mesmo assim, uma tensão invadiu a embarcação. Era o receio de que algum dos terroristas percebesse a identidade deles. Armas foram destravadas e permaneceram prontas para combate.

A tensão era imensa, o coração de todos estava acelerado, os nervos à flor da pele. Apesar de serem guerreiros experimentados, mesmo assim a adrenalina estava nas alturas, pois qualquer erro poderia comprometer por completo a missão e os terroristas poderiam utilizar foguetes sinalizadores, quando as aeronaves chegassem, para alertá-las do perigo; assim, a entrega poderia ser suspensa.

Ou os terroristas nos barcos, se ficassem desconfiados, poderiam fugir e os tripulantes dos aviões, ao pousarem, não teriam a quem entregar os vírus letais, levantariam voo imediatamente e os bruxos da Finlândia saberiam rapidamente do fracasso da missão. Isso nunca poderia se tornar uma realidade. Felizmente, porém, nada aconteceu: os barcos continuaram a viagem até o ponto de encontro.

Ao chegarem à ilha, camuflaram as embarcações no meio do mato que cercava toda baía. Os grupos ficaram cerca de uma milha separados um do outro em absoluto silêncio. Pareciam todos nervosos. Foi uma longa e estressante espera.

Os terroristas não percebiam, mas estavam cercados por mais de cento e vinte guerreiros armados com fuzis de precisão, de longo alcance. Todos os terroristas tinham a cabeça na mira de, pelo menos, duas armas dos IB.

Nos arredores, escondidas, estavam lanchas esperando pelo momento de entrar em ação. Da mesma forma, havia oito mergulhadores, prontos e à espreita, isto a poucos metros do barco dos terroristas, no fundo da baía. Após uma hora de espera, outros dois barcos chegaram.

Um pelo braço esquerdo do rio e outro pelo direito, ficando separados pela ponta da ilha e com os motores desligados. Mais de duas milhas os separavam dos dois primeiros barcos e não podiam ser vistos, pois a lua estava encoberta por densas nuvens. Tudo estava deserto e reinava um silêncio absoluto. Os homens mal respiravam, tamanha era a tensão. A mesma tensão dos terroristas acontecia também com os guerreiros de Josh que ali estavam e permaneciam camuflados e bem escondidos. Um terço deles cuidava do barco que veio do Olympic Park e os outros dois terços se dividiram entre o braço esquerdo e o direito do rio. Mais dezesseis mergulhadores entraram na água silenciosamente, indo oito para baixo de cada um dos dois novos barcos que haviam recém-chegado.

Os mergulhadores possuíam propulsores submarinos com motores silenciosos que os levavam rapidamente de um ponto a outro da baía.

Nas proximidades, encontravam-se quatro helicópteros em pontos estratégicos e seus pilotos e guerreiros aguardavam a ordem de darem partida para alçarem voo. Em menos de dois minutos alcançariam os barcos dos terroristas. Faltando apenas uma hora para completar as seis horas limites para a entrega, quatro aviões sobrevoaram a região, vindo um de cada vez, com intervalo de dez minutos e das quatro direções: norte, sul, leste e oeste. Procediam dessa forma para não chamar a atenção e, por segurança, percorreram toda a baía e a foz do rio. Certificaram-se que não corriam risco de serem atacados e surpreendidos no momento do desembarque das cargas, mas não desceram.

Algumas milhas depois, fizeram uma curva, voltaram e pousaram com seus flutuadores.

Ficaram estrategicamente separados por mais de duas milhas nas águas serenas e calmas da baía Skagit. Logo em seguida, os quatro barcos deram partida e se dirigiram para o lado de cada uma das aeronaves. Os guerreiros disfarçados se voltaram para a aeronave posicionada mais ao sul e que estampava o número de identificação terminado em quatro. Aproximaram-se e forneceram a contrassenha, sendo bem sucedidos no reconhecimento pela tripulação do avião.

Os outros barcos procederam da mesma forma. O fato de estarem longe um do outro, além de a noite estar escura, impedia o reconhecimento de alguém, o que ajudou os guerreiros disfarçados de terroristas.

Rapidamente, a transferência dos vírus foi executada com perfeição. Eles se encontravam acondicionados em contêineres de fibra de carbono revestidos por materiais à prova d'água e flutuantes. Por dentro eram conservados em gelo seco, mantendo-se a temperatura ideal, controlada eletronicamente. Para a sua conservação, foram acondicionados em cápsulas apropriadas. Da mesma forma, os outros barcos receberam suas cargas.

Os IB continuavam escondidos, pois não podiam ser percebidos. Contudo, a cabeça de cada um dos terroristas era alvo dos fuzis. O mesmo acontecia com os homens da tripulação dos aviões: se quisessem, os IB poderiam liquidar todos. Mas, este não era o objetivo naquele momento. Os guerreiros só poderiam atacar depois que as aeronaves tivessem decolado e os barcos estivessem navegando de volta a seus pontos de partida. Deste modo, poderiam manter segredo da operação pelo maior tempo possível.

Os bruxos da Finlândia não poderiam desconfiar de nada até que fossem capturados. O mesmo deveria acontecer com os integrantes da ONG, o braço terrorista dos bruxos.

Os barcos se afastaram dos aviões, os pilotos acionaram os motores duplos das suas aeronaves e saíram deslizando pelas águas da baía. Dois dos barcos subiram pelo rio Skagit, em direção ao North Cascades Park.

Cada um dos barcos seguiu um dos braços do rio e os outros dois desceram a costa para Olympic Park. Os primeiros barcos, que navegavam pelo rio, ficariam separados pela ilha de Fir por quarenta minutos. Nesse intervalo, deveriam ser atacados por estarem sozinhos.

III

Primeiro, foi uma ação fulminante dos mergulhadores, que passaram a acompanhar os três barcos ocupados pelos terroristas: o quarto barco, com os guerreiros disfarçados, seguiu sem acompanhamento.

Os mergulhadores nadavam dois metros abaixo da superfície, puxados pelos propulsores submarinos (oito mergulhadores seguiam cada barco).

Quando receberam o sinal para atacar, atiraram uma malha de aço nas hélices dos barcos e os motores pararam de funcionar. Em seguida, soltaram os tanques de oxigênio e emergiram como um raio, chegando ao mesmo tempo à superfície e alcançando as bordas dos barcos.

Foi uma ação cronometrada e perfeita. Do nada, no meio da noite escura, diversos mergulhadores pularam e agarraram os terroristas que estavam junto às laterais dos barcos, arrastando-os para a água. Alguns dos terroristas se refizeram da surpresa do ataque rapidamente, pois eram combatentes ferozes e experimentados. Puxaram facas que traziam na cintura e começaram a lutar com os mergulhadores que, na verdade, não pretendiam matá-los e sim fazê-los prisioneiros.

A luta foi violenta, os mergulhadores haviam arrastado doze terroristas, de um total de dezoito, para dentro d'água. Cinco deles foram imobilizados imediatamente, sem muita reação. Três, durante a luta travada no fundo da baía, acabaram morrendo afogados, mas quatro deles lutaram ferozmente num combate sangrento e as águas começaram a ficar tingidas de vermelho.

Entretanto, os guerreiros, bem precavidos, traziam, por baixo do traje de mergulho, o traje especial dos IB.

A dupla roupa era inconveniente e dificultava um pouco os movimentos, mas foi providencial e salvou vidas. Isso porque a maioria dos golpes por eles recebidos, apesar de serem violentos, era ineficaz, pois perfuravam só a roupa de mergulho e não penetravam nos trajes especiais.

Algumas das facas dos terroristas foram até danificadas. Por outro lado, cada estocada de faca que os mergulhadores acertavam era devastadora e o sangue dos terroristas se espalhava por toda parte.

Em contrapartida, a proteção dos guerreiros mergulhadores apresentava um problema sério: como necessitassem utilizar máscaras de mergulho, não podiam usar capacetes, tornando a cabeça e o pescoço vulneráveis.

Os terroristas perceberam logo que não adiantava atingir o corpo dos mergulhadores, pois as facadas não surtiam efeito. Passaram então a desferir seus golpes mortais em direção ao pescoço, cabeça e olhos de seus oponentes. Os terroristas eram matadores, exímios na arte de combater com arma branca e muito violentos.

Lutavam desesperadamente por sua vida e conseguiram matar dois dos mergulhadores, um degolado e o outro com uma perfuração no pescoço. A superioridade numérica dos mergulhadores determinou a vitória. Logo, três dos quatros terroristas que resistiram acabaram mortos. Um deles, que era habilidoso e excelente nadador, conseguiu fugir, nadando em velocidade impressionante. Dois dos mergulhadores saíram nadando em seu encalço, mas não estavam conseguindo pegá-lo – o homem parecia um campeão de natação! Como era noite fechada, os guerreiros dos barcos não perceberam o terrorista em fuga pela baía, até porque, durante o combate, mergulhadores e terroristas haviam se distanciado das embarcações, ficando fora do alcance de visão.

Outros dois mergulhadores notaram que o terrorista fugia e que parecia levar vantagem em relação aos guerreiros que o perseguiam. Esses mergulhadores foram mais astutos: dirigiram-se rapidamente para o local onde tinham deixado seus tanques de oxigênio e seus propulsores submarinos. Colocaram os tanques, ligaram os propulsores e saíram a toda velocidade em direção ao terrorista fugitivo. O homem nadava, com uma faca presa à boca, em direção de uma enseada próxima. Nesta enseada havia uma praia estreita e logo depois começava uma floresta densa que ele pretendia alcançar para sumir dentre as árvores.

Mas os dois mergulhadores, graças aos propulsores, eram mais rápidos e nadavam numa profundidade superior a três metros. Depois de alguns minutos nervosos e tensos, passaram por baixo do terrorista.

Presas aos propulsores estavam espingardas de caça submarina com arpões mortais, que poderiam ser utilizados contra o fugitivo tão logo estivessem abaixo dele. Contudo, poderiam atingir um de seus companheiros acidentalmente e preferiram não arriscar.

A precisão de disparo dos arpões não era segura devido à densidade e ao volume da água que, além de deturpar a posição real dos corpos em movimento, interferia na trajetória do arpão.

Como o terrorista fugitivo começava a demonstrar cansaço, os dois mergulhadores em sua perseguição se aproximavam dele. Precavidos, os guerreiros seguiram em frente em direção à enseada para esperar a chegada do terrorista. O homem desconhecia a presença deles, pois nadavam silenciosamente e submersos. Ao se aproximarem da estreita enseada (menos de duzentos metros de largura), distanciaram-se uns trinta metros um do outro e se posicionaram na mesma trajetória que o terrorista vinha nadando, mantendo-se a uma profundidade de cerca de um metro. Ficaram quietos, com suas espingardas de caça submarina armadas, prontos para disparar arpões fulminantes.

Pouco tempo depois, o terrorista foi se aproximando rapidamente deles. Quando chegou à parte rasa da praia, parou de nadar e passou a correr. Ele estava esgotado, quase no final de suas forças e muito estressado. Fugia em desespero de seus perseguidores, pois sabia que poderia morrer a qualquer momento.

De repente, à sua frente, a menos de dez metros, os mergulhadores trajados de preto e ainda com suas máscaras de mergulho, levantaram-se extremamente rápido e apontaram seus arpões para o terrorista em fuga.

No primeiro segundo, o terrorista ficou petrificado ao ver os dois gigantes se erguendo do meio do nada e gritando: *stop man*!

Sua reação foi instintiva: levou a mão à boca para pegar a faca, provavelmente pensava em atirar contra um dos seus agressores – puro instinto de defesa, porque não era um terrorista suicida.

Estava nessa missão unicamente pelos dólares e em outra situação menos estressante que aquela ele não cometeria aquele ato insano. Teria se rendido, não queria morrer. Os mergulhadores, porém, não deram chance para ele pensar melhor. Antes mesmo que sua mão chegasse próxima à faca, o primeiro arpão atingia seu abdômen e transpassava suas entranhas. Fora atravessado pela lança e a ponta dela saía por suas costas.

O homem se dobrou devido à força do impacto e urrou de dor. O arpão havia dilacerado suas vísceras, que ficaram expostas. A força de um arpão fora d´água é devastadora. Projetado para percorrer longa distância vencendo a resistência de uma massa de água, no ar, com muito menos atrito, passa a ter força e velocidade fantásticas.

Os mergulhadores utilizavam arpões especiais com pontas explosivas que provocavam grande estrago nas vítimas. Quando atingiam o alvo, uma pequena, mas potente, carga explosiva era deflagrada pelo contato com a superfície e projetava para as laterais asas cortantes de metal que dilaceravam tudo que encontravam à frente.

Menos de meio segundo depois que o primeiro arpão atingiu o terrorista, veio o segundo, mais devastador ainda, disparado quase ao mesmo tempo pelo mergulhador à esquerda.

Em função do deslocamento do corpo, provocado pelo impacto do primeiro arpão, e seu consequente dobramento para frente, o segundo arpão atingiu em cheio o pescoço do terrorista, arrancando sua cabeça, que foi projetada para bem longe, para a parte mais profunda da enseada e se perdeu por lá.

A cena daquele corpo sem cabeça ainda se debatendo na água foi aterradora, chegando a embrulhar o estômago dos experimentados guerreiros.

A quantidade de sangue espalhada ao redor foi impressionante. Jatos de líquido vermelho jorravam das veias estraçalhadas do pescoço do infeliz. Mesmo sem cabeça e com as tripas de fora, o corpo se debatia em agonia final. Eram espasmos musculares involuntários: não havia mais vida naquele tronco humano...

Os mergulhadores que vinham atrás do terrorista, quando viram a presença de seus companheiros ordenando ao terrorista que parasse, mergulharam para se protegerem. Anteviram a possibilidade dos disparos e não queriam ficar na linha de tiro. Como se encontravam próximos ao terrorista fugitivo, quando se levantaram após os disparos, acabaram por ficar banhados de sangue do corpo que tinha espasmos e ainda tremia.

Os quatro ficaram ali olhando, estáticos, a agonia do corpo sem vida, que foi rápida, mas pela violência e repugnância da cena, parecia que havia demorado uma eternidade.

Ficaram apáticos, meio sem saber o que fazer, não era intenção deles abatê-lo daquela forma. Na verdade, queriam fazê-lo prisioneiro, mas sua reação inesperada e sem propósito havia provocado a própria morte.

A imagem grotesca daquele homem, com a cabeça decepada e as tripas espalhadas ao redor, fez com que eles se apressassem em sair do local e não procurassem muito pela cabeça, embora tenham chegado a vasculhar a redondeza, mergulhando e fazendo uma varredura no perímetro próximo ao local do combate. A maré alta e a água turva dificultavam a busca e nada encontraram.

Resolveram, então, voltar para os barcos. Os dois mergulhadores providos de propulsores puxavam o corpo.

Não precisaram nadar por muito tempo, os barcos já vinham à procura deles. Nas embarcações havia sacos plásticos apropriados para embalar os cadáveres; colocaram o que restou do homem dentro de um deles e o embarcaram numa lancha, livrando-se daquela visão horrenda do cadáver dilacerado.

Ao término do ataque, os mergulhadores constataram que tinham feito cinco prisioneiros.

IV

Simultaneamente ao combate dos mergulhadores, diversos jet-skis vieram em velocidade pelas águas da baía e cercaram os barcos dos terroristas que, sem os motores, se encontravam à deriva. Também vieram lanchas e barcos infláveis com motores potentes transportando esquadrões de comandos.

Todos apontavam seus fuzis e os corpos

dos terroristas que ainda permaneciam nos barcos ficaram cheios de pontinhos vermelhos das miras a *laser* das armas.

Eram muitas embarcações em volta de cada barco e uma quantidade de armas impressionante. Mas os terroristas reagiram quando viram seus companheiros sendo arrastados para dentro da baía pelos mergulhadores. Pularam para pegar armas automáticas, dispostos a rechaçar o ataque. Ao perceberam os barcos se dirigindo para cima deles, mudaram seu alvo e começaram a disparar ferozmente contra os guerreiros nas embarcações. Os barcos chegaram praticamente ao mesmo tempo em que os mergulhadores e desviaram a atenção do ataque executado por eles.

Apavorados, querendo salvar a própria pele, os terroristas concentraram todo o poder de fogo nas embarcações e deixaram os companheiros que lutavam dentro da água à mercê da própria sorte.

Todos os IB vestiam seus trajes à prova de bala e capacetes e nada sofreram. Não tiveram alternativa diante da resistência suicida dos terroristas e abateram quase todos. Apenas um se rendeu, jogou sua arma na água, levantou suas mãos e foi feito prisioneiro.

Balanço da operação: seis terroristas

prisioneiros, doze abatidos e a baixa de dois valorosos mergulhadores. Os trajes especiais finalmente foram testados num primeiro combate e se mostraram eficientes: realmente protegeram os guerreiros de Josh. Mesmo sob o fogo intenso das armas dos terroristas, nenhum dos guerreiros da Immortal Brigate foi ferido.

Os mergulhadores também receberam diversas facadas pelo corpo, mas foram sem efeito: não conseguiram perfurar os trajes especiais.

Os dois mergulhadores mortos foram atingidos no pescoço, região do corpo que a roupa especial não conseguia proteger com eficiência – era uma falha que precisava ser corrigida.

V

Dois ou três minutos depois, surgiram os helicópteros, que passaram a fazer voos rasantes e circulares com seus holofotes, apoiando a ação dos barcos. Toda a ação foi uma manobra audaciosa, na qual o fator surpresa e a esmagadora diferença de forças foram determinantes para o sucesso dos homens de Josh.

Em pouco tempo, a vitória estava consolidada: os quatros contêineres com vírus foram apreendidos, as ampolas de vírus estavam a salvo e sob o controle dos IB. Não houve o menor risco e tampouco a mínima possibilidade da liberação de vírus. Pelos menos por mais alguns dias as pessoas se encontravam livres de qualquer ameaça de serem atingidas pela peste espalhada pelos bruxos.

Os contêineres capturados na ação relâmpago na baía foram transportados em segurança pela a unidade do General Abdullah para a base, no armazém do cais de Seattle. Lá, as cápsulas com vírus foram encerradas em caixas fortes, sob temperatura controlada, até que pudessem ser destruídas com segurança.

Os corpos dos terroristas abatidos, como também dos que haviam sido abatidos anteriormente na invasão da empresa Olympic Service, desapareceram no crematório instalado previamente na base, após terem sido devidamente encomendados pelo capelão da brigada. Depois, suas cinzas foram espalhadas pelas águas da baía. O mesmo destino foi dado aos corpos dos dois guerreiros de Josh.

Não podiam se dar ao luxo de sepultamentos formais, não havia como explicar os defuntos para as autoridades. Aquela noite, oficialmente, não aconteceu. A ação de captura dos vírus pelos homens de Josh foi discreta, as autoridades americanas nada perceberam. A movimentação dos helicópteros, dos barcos e das lanchas não foi detectada e nem os voos dos quatro aviões que fizeram a entrega dos vírus. As aeronaves retornaram à base em Birch Bay. A ONG e os laboratórios de bruxo finlandês não se deram conta da apreensão das cargas mortais. Sucesso absoluto e total discrição. Esta havia sido a determinação da Senhora da Luz. Como a incubação do vírus nas aves infectadas era demorada e o período de migração delas seria longo; para que os resultados da epidemia da gripe pudessem ser notados, na população americana e de outros países, seria necessário algum tempo. Josh e seus especialistas não dispunham de informações para precisar o período de tempo exato que os bruxos tinham como expectativa para comprovar o sucesso de suas ações terroristas. Provavelmente isso aconteceria somente no início do inverno no hemisfério norte e começo do verão no hemisfério sul. O solstício[35] naquele ano seria no dia 21 de dezembro. Existiam previsões de que o fim do

---

[35] O solstício de dezembro ocorre quando o Sol atinge a declinação mais meridional de -23.5 graus. Em outras palavras, é quando o polo norte é inclinado 23,5 graus de distância do sol. Dependendo do calendário gregoriano, o solstício de dezembro ocorre anualmente em um dia entre 20 de dezembro e 23 de dezembro. Nesta data, todos os lugares acima de uma latitude de 66,5 graus norte (Círculo Polar Ártico) estão na escuridão, enquanto locais abaixo da latitude de 66,5 graus ao sul (Círculo Polar Antártico) recebem 24 horas de luz do dia.

A interpretação de que essa data marca o início da Nova Era diz que a Terra e seus habitantes podem sofrer uma transformação espiritual ou física positiva, e que seria o começo de um novo tempo. Outros sugerem que marca o fim do mundo ou uma catástrofe similar. Cenários sugeridos para o fim do mundo incluem a chegada do próximo ano solar máximo ou a colisão da Terra com um objeto como um buraco negro, um asteroide próximo ou um planeta chamado "Nibiru". Contudo, estudiosos de várias áreas têm rejeitado a ideia de eventos cataclísmicos.   Origem: Wikipédia, a enciclopédia livre.

mundo seria nessa data; talvez esses ataques dos bruxos fossem uma tentativa de tornar essas previsões uma caótica realidade. Portanto, pelo menos por enquanto, o bruxo finlandês e suas bruxas não podiam perceber o fracasso dos seus dois primeiros ataques. Mas, os guerreiros da Immortal Brigade teriam que correr velozmente contra o tempo e foi justamente o que foi feito.

O Dia Seguinte

Todos comemoraram na base.

Josh parabenizou as unidades pelo sucesso da primeira ação, que tinha sido precisa. Era a primeira e grande vitória. Todos lamentaram a morte dos dois companheiros e fizeram um minuto de silêncio aos heróis, que, apesar da bravura, ficariam no anonimato. Além dos IB, ninguém mais saberia que estes homens haviam dado suas vidas bravamente pelo bem da humanidade. Entretanto, permaneceriam vivos na lembrança dos IB que tomaram parte da ação heroica e determinante para o bem-estar de todo povo da Terra. Heróis anônimos de uma guerra desconhecida.

A comemoração teve que ser rápida, pois não se tinha tempo a perder. Precisavam pegar o bando de Väinämöinem, mas era imprescindível que fossem todos ao mesmo tempo, já que não se sabia o local em que estaria o resto dos vírus.

A primeira providência foi reforçar os esquadrões em todas as localidades nas quais a ONG operava. Para a Lapônia, foi enviada uma tropa numerosa, uma vez que por lá se encontrava todo o conselho da WLD, exceto Väinämöinem, que ainda navegava em seu iate cercado de amigos poderosos.

Capturar o bruxo seria uma ação difícil e complicada. Josh pensou bastante e decidiu pedir ajuda a Borya. Solicitou, então, que a filha dele, Taisiya, retornasse imediatamente para a base. Rapidamente, a bruxa estava de volta e louca para transar novamente com Josh.

A tenente nem sonhava com a aventura dele com sua inimiga, a sargento Cheung. Assim que chegou, foi correndo se apresentar a Josh, que a esperava em sua sala.

Chegando, fechou a porta e correu para os braços dele, dando-lhe um beijo de tirar o fôlego. Josh tentou se esquivar, mas foi impossível. Precisou manter o sangue frio para não arrancar a roupa dela e possuí-la ali mesmo, em cima de sua mesa. Com um esforço imenso, ele se conteve e manteve o respeito da hierarquia militar entre eles.

Taisiya se desculpou por seu rompante de paixão. Josh disse que não havia problema e começou a conversar com ela sobre o seu pai, o bruxo Borya.

– Preciso do auxílio de seu pai para contratar um submarino. Sei que ele possui amigos ucranianos que estão agora no exército russo e que podem nos ajudar. O submarino transportará alguns esquadrões de IB até o local no qual se encontra o iate de Väinämöinem.

Nossos guerreiros desembarcarão, usando barcos infláveis, interceptarão o iate, simulando um ataque de piratas.

Continuou explicando as ações a serem levadas a cabo:

– Os comandos deverão aprisionar Väinämöinem e levá-lo ao submarino para ser transportado em segurança de volta. A abordagem ao iate tem de ser cirurgicamente precisa e simultânea às outras ações.

Precisamos colocar fora de combate todo conselho das bruxas e os integrantes da ONG, que são o braço terrorista de Väinämöinem. E um ataque dessa envergadura só teria sucesso com o apoio de um submarino.

Taisiya respondeu:

– Isso vai custar uma fortuna, mas é possível. Vou falar com meu pai, pedir-lhe para fazer os contatos, acertar o preço e contratar o serviço.

– Faça isso com máxima urgência. Este é o motivo pelo qual pedi que voltasse para cá.

A bruxa assumiu um ar desafiador e se insinuou abertamente para Josh.

– Pensei que estivesse com saudades,

querendo calorzinho extra na cama e noites memoráveis de loucuras de amor e paixão. Estou decepcionada, achei que fazia falta em sua vida.

Chegou perto dele e começou sussurrar languidamente em seu ouvido. Roçava seus lábios na orelha de Josh, enquanto soltava gritinhos de felina no cio. A mão dela desceu até o sexo dele, abriu o fecho de sua calça e começou a acariciá-lo. A tenente deixou o homem louco de desejo. Josh arrancou a roupa da amante com violência, derrubou tudo que tinha em cima da mesa de trabalho e a jogou de costas sobre o tampo. Ela gemia e se contorcia. Desejava ser possuída. Josh, louco de desejo, foi para cima dela e o casal fartou-se por várias vezes. Satisfeitos, vestiram-se e, logo após, a tenente saiu feliz para cuidar da missão junto ao pai, o bruxo Borya.

Enquanto Taisiya caminhava em direção à cantina, a previsão de Dimitriou, de problemas dela com Cheung, aos poucos começou a se tornar realidade.

As duas se encontraram no refeitório e a chinesa foi logo se gabando da noite de prazeres com Josh – queria desafiar sua inimiga. Taisiya foi tomada pela ira. Conteve-se naquele momento apenas em função das regras militares da base, mas jurou a chinesa de morte.

Josh também pagaria caro pela traição, pois havia se deitado com sua inimiga capital.

Taisiya saiu visivelmente transtornada, mas tratou de cumprir suas ordens. Deveria falar com seu pai e solicitar seus favores em prol da missão. A hora da vingança chegaria.

Taisiya falou com Borya e acertou o aluguel do submarino. Negociou da forma que Josh queria, apesar do preço da operação ser extremamente alto: cinquenta milhões de dólares. O bruxo justificou-se, alegando que para a saída de um submarino por longo tempo muita gente deveria ser subornada: além de toda a tripulação, os oficiais e, especialmente, o comandante.

Josh precisou consultar Lara, a diretora executiva do Conselho, pois se tratava de uma grande quantia de dinheiro; apesar disto, foi autorizado e os valores foram disponibilizados em quarenta e oito horas. A missão de captura do bruxo foi acertada e deveria começar em poucos dias. A vingança rondava a mente de Taisiya o tempo todo. A tenente tinha planos bem diferentes dos propósitos de Josh. Ela pediu para fazer parte da operação com o submarino, era ucraniana, teria facilidade na comunicação com toda tripulação. Josh atendeu ao pedido.

Taisiya, então, manipulou alguns oficiais

e conseguiu que incluíssem a Sargento Cheung na operação de captura de Väinämöinem.

No campo de batalha seria muito mais fácil eliminar sua rival sem chamar atenção e sem ser acusada. Cuidaria daquela chinesa intrometida.

II

Como faltavam alguns dias para o início das operações de captura do Väinämöinem e não havendo nada importante a fazer, Josh resolveu descansar uns três dias em seu rancho. Queria buscar energia na região do Monte Baker e receber as intuições da Senhora da Luz. Como Rae viajava pela Europa e ele iria sozinho, resolveu usar a moto. Arrumou uma mochila com algumas roupas e a pistola automática que portava constantemente. Levou ainda uma metralhadora portátil e alguns carregadores extras. Temia que os terroristas descobrissem alguma coisa sobre as operações feitas e não queria arriscar. O Coronel Dimitriou sugeriu que ele levasse uma escolta, mas ele recusou. Queria ficar sozinho para descansar e pensar. O Coronel se desculpou pela a intromissão na vida dele, mas, por questão de segurança, ele não poderia sair sem escolta: eram ordens superiores do conselho.

Josh teve que aceitá-las.

A Senhora no Lago

I

A viagem foi tranquila, chegaram quase ao anoitecer. Josh ficou na sede e acomodou sua escolta. Alguns homens ocuparam posições estratégicas de defesa da propriedade. Os peões estranharam, nunca viram seu *patrón* acompanhado de tanta gente armada até os dentes. Consuelo e Simon também não entenderam nada, mas não gostavam de se intrometer.

Depois de jantar, Josh retirou-se e foi se deitar, mas não pegou logo no sono, apesar de cansado. Tinha o coração aflito e a consciência pesada pelas suas puladas de cerca dos últimos dias. Estava sendo infiel à Rae. Essa atitude não o deixava se sentir confortável. Tinha essa fraqueza – o sexo. Pensava em Rae e tinha saudades dela, até porque sempre vinham juntos para o rancho. Ela amava aquele lugar. Josh podia sentir o cheiro dela em todos os cômodos da casa...

Ao mesmo tempo, tinha grandes preocupações com Taisiya, pois sentia que ela era uma bruxa perigosa e, provavelmente, sabia de seu caso com Cheung. Rolou na cama durante horas e conseguiu dormir somente depois das duas da manhã. Às cinco em ponto, acordou e pulou da cama, decidido a cavalgar e voltar ao lago onde tivera a visão da Senhora da Luz. Parecia que ela o chamava e precisava ir logo. Desceu e pediu para Consuelo avisar Simon para selar o Tornado.

– Prepararei sua tralha, *Patron*.

– Não precisa de nada, voltarei em poucas horas.

– Ok, *Patron*, tome um café antes de sair. A mesa está posta, não vai demorar quase nada. É melhor sair de estômago cheio.

– Farei isso!

Josh já trazia sua pistola e a metralhadora portátil. Como sabia que seria contrariado em seu desejo de sair só, pediu para selar cavalos para uma escolta. Chamou o tenente do grupo e disse:

– Vou cavalgar pelas redondezas.

– Mandei selar quatro cavalos para seus homens, mas eles devem permanecer afastados de mim. Estou levando celular e um dos rádios do rancho e pedi para providenciar rádios para eles. Quando chegar ao lago, quero ficar só. Eles podem ficar vigiando, mas de longe. Preciso de privacidade.

– E isso é uma ordem! – frisou Josh.

– Sim, comandante: assim será feito.

Enquanto aguardava os homens e os cavalos ficarem prontos, Josh tomou café. A mesa pronta à sua frente despertou seu apetite. Pouco depois, Simon entrou pela porta da cozinha e disse que Tornado e os outros cavalos esperavam por eles amarrados nos fundos da casa.

Josh se levantou e pegou um cantil com água que Consuelo havia deixado por ali. Colocou seu cinturão com a pistola, pegou a mochila em cima de uma das cadeiras, abriu, retirou a metralhadora portátil, checou se o pente tinha munição, conferiu se a trava estava ativada, para somente então colocá-la às costas.

Cumprimentou Consuelo:

– Tenha um bom dia, Consuelo. Voltarei mais tarde, fique tranquila, tudo vai estar bem. Irei com quatro guarda-costas. Obrigado pelo café: estava uma delícia!

– *Buenos dias*, *Patron*, a Virgem de Guadalupe o protegerá.

– Com certeza, minha amiga, Ela cuidará de todos nós!

Josh saiu. A temperatura estava baixa, mas a neve ainda não havia chegado; um lindo e ensolarado dia começava e o sol já despontava, ainda um pouco tímido, no horizonte – mas fazia bastante frio.

Josh estava com uma jaqueta de *nylon* toda acolchoada e, nas mãos, luvas de pelica, quentes e confortáveis; uma camisa de flanela por baixo da jaqueta o deixava bem protegido; uma calça especial, forrada de flanela, e botas cano longo completavam seu traje apropriado para uma cavalgada num dia frio pelos campos do noroeste americano. Josh se aproximou de Tornado e abraçou a cabeça de seu amigo fiel. O cavalo bateu a pata da frente e relinchou, respondendo o afago de seu dono. Josh soltou o cabresto amarrado em uma travessa de madeira, montou, arrumou seu chapéu e lá de cima acenou para Simon, dizendo-lhe:

– Bom dia, Simon, cuide de tudo no rancho; não se preocupe com esses homens. Estão aqui para garantir a segurança, não irão interferir nos trabalhos dos peões e nem na rotina do rancho.

Josh saiu galopando e os quatro homens seguiram atrás, a uns cinquenta metros de distância, como ele havia determinado.

Josh cutucou Tornado, que de imediato acelerou o passo e foram contornando a cerca do rancho em direção à floresta e às montanhas.

Ao longe, podia ver o Monte Baker, o

mais alto da região, soberano e cercado por seus glaciers. Seu cume estava coberto de neve e se destacava no horizonte.

Cavalgaram mais de duas horas. Quando chegaram perto do lago, local em que havia tido sua primeira visão da Senhora da Luz, Josh ordenou aos homens que parassem por ali mesmo, a cerca de uma milha do lago. Se precisasse de ajuda, chamaria pelo comunicador e chegariam até ele rapidamente. Mas, não queria ser acompanhado a partir daquele ponto.

– Sim, comandante: entendido – respondeu prontamente o sargento líder do destacamento.

Josh continuou cavalgando até chegar à grande rocha onde a Senhora estivera levitando. Desmontou, pegou duas cordas na sela de Tornado, levou-o para perto de algumas árvores nas proximidades e amarrou firme, pois, da outra vez, o vento havia sido forte.

Josh não tinha certeza se a Senhora da Luz apareceria novamente. Apenas tinha a esperança de que fosse acontecer. No entanto, era um pressentimento que o trouxera de volta ao rancho em uma trégua curta no meio de suas batalhas.

Josh voltou para perto do lago e começou a caminhar pelo local. Refletia sobre os acontecimentos recentes de sua vida, que tinha dado uma reviravolta. Encostou-se em uma rocha, colocou seu chapéu no rosto para protegê-lo do sol e dormiu enquanto esperava pela Senhora da Luz. Não precisou esperar por muito tempo, pois, meia hora depois, o vento forte começou e foi ganhando força. Seu comunicador tocou. Era o sargento preocupado com a ventania que iniciava e o chamava para voltar. Ele ordenou firmemente:

— Permaneçam onde estão até segunda ordem. Protejam-se junto às rochas e amarrem bem os animais. As selas têm duas cordas, utilizem as duas e certifiquem-se que os cavalos estejam bem amarrados, para não fugirem de volta para o rancho. Não venham para cá e não me chamem mais pelo comunicador.

O sargento respondeu:

– Sim, comandante: desligo.

II

De novo a visão da Madona veio até Josh. Descendo do céu, uma luz fulgurante emanava de seu corpo – era, sem dúvida, uma visão esplêndida.

Dessa vez, ela não pairou sobre a grande rocha e desceu até perto do chão. Levitava: seus pés não tocavam o solo pedregoso da margem do lago. A Senhora aproximou-se de Josh (se quisesse poderia tocar seu corpo ou sua cabeça, mas não o fez) e seus olhos magníficos encontraram o olhar de Josh. Ela falou, com uma voz suave, que o deixou embriagado de felicidade:

– Josh, você e a Immortal Brigade venceram a primeira batalha, ou melhor, as duas primeiras batalhas num único combate. Foram valorosos, inteligentes, rápidos e eficientes. Mas a guerra ainda não foi ganha. Vejo lutas intensas pela frente, vitórias e derrotas, amor e ódio, fidelidade e traições. Grandes atribulações estão à sua espera e de seus guerreiros. Tenha muito cuidado com aqueles em que você confia.

Josh tentou falar, mas a Senhora da Luz o interrompeu, dizendo:

– Não precisa falar, apenas ouça!

Ele obedeceu, mantendo a cabeça abaixada. Ela continuou:

– O próximo ataque está programado para ser cem dias após o primeiro e será no Yellowstone Park. Precisa impedi-los como você fez nos parques Olympic e North Cascades.

– Josh, não deixe seus instintos tomarem conta de você: coloque a razão acima de seus desejos carnais.

Josh timidamente a interrompeu:

– Senhora, ainda nada sabemos sobre

o terceiro elemento, apenas desconfiamos que seja um elemento químico ou vírus adicionado à junção dos vírus da gripe aviária e da gripe suína.

– Como a Senhora pode nos ajudar em relação a esse problema?

A senhora respondeu:

– Procure suas respostas no cristal azul que lhe dei. Ele poderá revelar tudo que você precisa saber. Fique em Paz e que as Forças do Bem conspirem todas em seu favor!

A visão da Senhora da Luz desapareceu. Josh continuou por ali mais algum tempo, pois sentia-se completamente emocionado.

A emoção era arrebatadora e ele não parava de agradecer pelo privilégio de ter sido o escolhido. Estava convicto que seria uma missão árdua e perigosa, mas não se importava com isso. Tinha motivos fortes para abraçar aquela luta: salvar vidas. Milhares, talvez milhões, de inocentes dependiam dele e de seus homens valorosos. Respirou fundo e clamou por forças, para que vencesse a batalha final e livrasse para sempre a humanidade da peste dos bruxos. Depois, desamarrou Tornado e voltou para perto da escolta que o esperava. Seus integrantes estavam assustados com o vento. Não puderam ver a maravilhosa aparição da Senhora da

Luz, mas sentiram o vento forte que veio do nada e se foi rapidamente, como mágica. O tempo continuara bom. O sol brilhava no céu azul, que estava limpo, sem nuvens, e ninguém entendia o porquê daquela ventania tão forte.

Josh não lhes deu tempo para pensar muito e ordenou a volta para o rancho.chegaram ao entardecer. Passaram mais uma noite no rancho São Francisco e, no outro dia, bem cedo, pegaram a estrada de volta a Seattle.

III

Mais um dia começava. Eram nove da manhã e Josh já estava na sala de reuniões do comando em Seattle. O comandante discutia com seu Estado Maior os últimos detalhes da operação *Caça aos Bruxos*. Josh perguntou a Yoav, chefe do serviço de inteligência, qual seria o local de embarque no submarino dos ucranianos e o agente respondeu-lhe:

– Será numa região remota ao leste da Sibéria, não muito distante do Alasca. Foi o melhor que pudemos conseguir, uma vez que o submarino não pode se aproximar dos Estados Unidos, pois, mesmo em águas internacionais, isso seria perigoso – os americanos poderiam localizá-lo e ficar nervosos.

Josh argumentou:

– Sibéria não é muito longe?

– Do Alasca, nem tanto. Planejamos as ações de embarque e desembarque detalhadamente, se o comandante aprovar nossa sugestão, não será uma operação complicada e nem de grandes riscos.

– Qual é o plano de vocês?

Yoav acionou o telão da sala e mostrou um mapa tridimensional do Canadá. Deu um zoom e ampliou a região de Vancouver.

Ampliou mais e mostrou a base de apoio da Immortal Brigade na região, dizendo:

– O'Neill está com alguns esquadrões aqui nessa região, vigiando a sede da ONG. Vamos deslocar outros esquadrões para substituí-lo e enviá-lo com seus subordinados para a captura de Väinämöinem.

Josh interrompeu:

– Até aqui o plano está perfeito: eu ia mesmo designar O'Neill para essa missão.

– É o melhor a fazer, comandante. Dispomos de oito aviões na base de Vancouver. Utilizaremos quatro deles para o transporte dos comandos de O'Neill. Primeiro, deslocaremos as aeronaves para a cidade de Prince George, no Canadá, para reduzir o tempo de voo e ficar dentro da autonomia dos aviões. Os homens de O'Neill se deslocarão de Vancouver até Prince George de jipes e camionetes. São menos de trezentas e cinquenta milhas para se chegar ao local.

– Para dissimular a movimentação de nossa ação, providenciaremos um roteiro de pesca e observação da natureza na região do Ártico. Disfarçaremos nossos guerreiros de pescadores esportivos, pois todos os dias partem inúmeras expedições desse tipo do Canadá e do Alasca.

– Sempre são grupos numerosos e com frequência se utilizam de aviões com flutuadores. Grupos de quatro ou até mais aeronaves de pequeno porte, como as nossas, são normais.

– Deste modo, não despertarão a atenção das autoridades americanas e canadenses. Turistas ricos em viagem de pesca gastam muito dinheiro e sempre são bem-vindos. Os aviões sairão de Prince George com o destino à ilha Unalaskas, lugar em que se localiza o maior porto pesqueiro dos Estados Unidos.

Continuou:

– Farão uma escala em Anchorage, no Alasca, e passarão a noite nessa cidade. Os homens devem partir no outro dia logo cedo, como seria o normal para um grupo de executivo em férias, sem muita pressa.

- O novo destino será então a ilha de Unalaska. Na ilha, ficarão por mais dois dias e agirão como turistas. No terceiro dia, todo o grupo embarcará em dois barcos alugados, apropriados para grandes pescarias na região do Ártico, e tendo como destino o porto de Magadan, na Sibéria, rota normal das excursões de pesca. Lá, estará esperando por eles o submarino, a algumas milhas da costa.

Yoav continuou sua explanação:

– Na mesma noite da chegada, utilizando barcos infláveis, irão até o submarino e serão transportados para o Marrocos, mais precisamente para a costa oeste do deserto do Saara. Temos acesso aos computadores do bruxo Väinämöinem. Em especial, os do seu iate, e descobrimos uma informação preciosa: o bruxo estará, nessa ocasião, navegando pela costa marroquina.

– Lá, ele pretende embarcar alguns figurões árabes, com os quais tem grandes negócios. Como não levantamos ainda, não posso afirmar com precisão, mas parece que tem um bom dinheiro de magnatas árabes financiando essa empreitada terrorista dos bruxos. Pode ser que possamos trazer junto com ele alguns desses seus amigos especiais.

- Em poucos dias, saberemos se eles estão mesmo metidos nesses ataques.

Josh interrompeu mais uma vez.

– Yoav, é um plano muito abrangente! Será que vai dar certo? Estou preocupado, são locais distantes e dispersos: Alasca, Canadá, Sibéria e Marrocos. No meio dessa região imensa existem vários oceanos e mares, Pacífico Norte, Mar de Bering, Oceano Ártico, Mar da Noruega e Atlântico Norte. Será uma grande viagem para o submarino, não haveria um caminho mais perto?

– Claro que existe, mas não é tão seguro. Esse caminho é longo, mas é pouco navegado. Boa parte do percurso será feito margeando os países da antiga União Soviética. Depois, seguimos as regiões árticas, quase sempre desertas e, em seguida, navegarão pelo Atlântico Norte, mas fora das rotas tradicionais de navegação dos navios de carga e petroleiros. No Atlântico Norte, o submarino viajará sempre submerso para não ser detectado e sempre em águas internacionais. Toda a operação será desenvolvida no Marrocos, na costa do deserto do Saara, uma área pouco movimentada, na qual ataques de piratas são comuns e isso disfarçará nossa ação.

Josh pensou um pouco, trocou ideia com seus oficiais do Estado Maior e resolveu:

– Ok, Yoav. O plano é consistente e ricamente detalhado. Você pensou em tudo!

– Está aprovado, mas faça uma checagem completa e coloque todo pessoal trabalhando nele. Quero que revejam todos os detalhes e, só então, poderão seguir em frente.

– Certo, comandante, cuidarei de tudo.

Josh estava tenso. Não era só a utilização do submarino que o deixava preocupado. Mas, a complexidade de toda a operação. Havia risco na abordagem do iate do bruxo Väinämöinem na costa da África. Além disto, era essencial a captura das sócias bruxas na Finlândia e de todos os integrantes da ONG em vários locais no Canadá e no Círculo Polar Ártico. O pior de tudo era que todas essas ações teriam que ser simultâneas e perfeitas.

Tratava-se de uma megaoperação, que deveria ser executada com maestria, já que envolveria mais de duzentos e cinquenta IB.

O fator surpresa era de suma importância para que não houvesse risco de liberação do vírus mortal. Caso falhassem, uma peste devastadora poderia assolar a humanidade.

Dois dias se seguiram e os planos de ação foram repassados inúmeras vezes entre os oficiais e seus guerreiros, e também por toda cúpula de comando e o serviço de inteligência da Immortal Brigade.

Josh voltou a se reunir com seu Estado Maior e os chefes do serviço de inteligência.

Yoav informou que os ucranianos haviam confirmado a missão e o embarque na costa da Sibéria. A única preocupação no momento era em relação à exigência do comandante do submarino: que os guerreiros embarcassem desarmados. Os ucranianos forneceriam, pouco antes do desembarque, todo armamento necessário para a abordagem do iate. Colocavam isso como uma questão de segurança.

Josh não gostou da ideia e pediu a Yoav para pressionar os ucranianos a aceitarem que os homens levassem pelo menos suas pistolas e metralhadoras portáteis. Abririam mão dos fuzis e de armas mais pesadas.

Yoav disse que voltaria a falar com eles e tentaria um acordo para acertar os detalhes do armamento leve. Também achava que seria perigoso os guerreiros de O'Neill viajarem desarmados. Quanto ao resto, tudo estava certo. O'Neill e seus homens estavam à espera de ordens.

O roteiro da viagem de pesca dos executivos havia sido criado por uma agência de viagem contratada por ele. As autorizações dos voos tinham sido obtidas e a entrada do grupo no Alasca aprovada. O reabastecimento das aeronaves acertado e as reservas de hotel pagas antecipadamente.

Da mesma forma, os barcos que os levariam na "pescaria" pelo Ártico também foram alugados, com uma tripulação experiente e confiável de marujos russos, acostumados às viagens marítimas até a Sibéria. Na verdade, eram contrabandistas profissionais muito bem pagos. Os aviões tinham sido deslocados para Prince George e estavam ancorados numa Seaplane Base prontos para decolar.

Yoav se retirou para negociar com os ucranianos a questão dos armamentos. Josh continuou na sala com seus oficiais, repassando o plano de ação. Horas depois, Yoav voltou à sala e disse que havia chegado a um acordo com os ucranianos. Precisou da ajuda do bruxo Borya, mas eles finalmente haviam aceitado as condições do armamento. Os guerreiros podiam finalmente seguir em frente com o plano.

IV

Havia chegado a grande hora. O encontro com o submarino seria dentro de cinco dias. Ao entardecer daquele dia memorável os aviões em Prince George acionaram seus motores e o "grupo de executivos" partia para uma grande pescaria.

Uma a uma, as quatro aeronaves

deslizaram pelas águas do rio Nechako, ganhando velocidade e decolaram em direção ao Alasca, onde chegariam em algumas horas.

O ar na sala de comando continuava muito tenso. Ninguém poderia prever o que estava para acontecer. Era, sem dúvida, uma operação difícil, pela sua abrangência e pelos riscos. Se os falsos executivos em férias fossem descobertos pelas autoridades americanas ou canadenses, as consequências seriam desastrosas.

Josh estava extremamente nervoso e estressado. Afinal de contas, era a grande cartada, que resultaria ou não na preservação de centenas de milhares de vidas humanas – não queria perder de maneira alguma.

Esse era seu compromisso com a Senhora da Luz e, portanto, deveria ser forte sempre. Mesmo que em alguns momentos se sentisse abalado, não poderia hesitar. Deveria estar sempre no controle de toda a situação.

Havia sido preparado para isso a sua vida toda. Seu caráter, autoconfiança e liderança haviam sido forjados, tal como se forja uma espada de aço muito especial: com ferro e fogo.

Perder era uma palavra que não fazia parte de seu vocabulário e não seria agora que ela iria ser incluída: definitivamente, não.

Contudo, a grande dúvida ainda estava sem solução: o terceiro elemento. Josh cuidaria disso a partir de agora e iria decifrar o Enigma do Cristal Azul.

Josh saiu da sala de comando para espairecer e aliviar sua tensão; foi até uma grande sacada que ficava nos fundos do complexo de construções da base da Immortal Brigade. De lá se tinha uma visão privilegiada do mar e do cais do porto de Seattle, um pôr do sol maravilhoso tomava conta de todo o céu da baía e de todo oceano Pacífico. Ali, ele se perguntou:

Será que seria o "Crepúsculo da Humanidade" ou apenas um intervalo de doze horas ou doze meses ou mesmo, quem sabe, de doze décadas ou doze milênios para o "Alvorecer de um Novo Mundo" para os habitantes da Terra?

A diferença do Crepúsculo ou do Alvorecer poderia estar nas mãos de seus valentes guerreiros, na competência de seus oficiais; também na sua inteligência e rapidez e no seu poder de comando. Especialmente na sua capacidade de receber e interpretar as mensagens e intuições enviadas pela Senhora da Luz.

Na composição desse livro foram utilizadas as seguintes fontes:

Iowan old st osf bt, ALGERIAN, CASTELAR MT,

Edwardian Script itc e Times New Roman.